SE BUSCAN MONSTRUOS
¿ERES ALTO?
¿ERES VERDE?
¿DAS MIEDO?
SI RESPONDISTE "SÍ" A ESTAS PREGUNTAS, ¡VEN A TRABAJAR A HORRORLANDIA!
IMPORTANTE: HORRORLANDIA SOLO CONTRATARÁ MONSTRUOS QUE SEPAN GUARDAR SECRETOS.
HorrorLandia

SE BUSCAN
MONSTRUOS

ESCÁPATE DE HORRORLANDIA

¿...?
¿...E DE?
¿DAS MIEDO?

SI RESPONDISTE "SÍ" A ESTAS PREGUNTAS,
¡VEN A TRABAJAR A HORRORLANDIA!

IMPORTANTE: HORRORLANDIA SOLO CONTRATARÁ
MONSTRUOS QUE SEPAN GUARDAR SECRETOS.

HorrorLandia

¡UNA NUEVA SERIE DE CUENTOS TENEBROSOS!

MIS AMIGOS ME LLAMAN MONSTRUO

R.L. STINE

SCHOLASTIC INC.
New York Toronto London Auckland
Sydney Mexico City New Delhi Hong Kong

Originally published in English as Goosebumps HorrorLand #7:
My Friends Call Me Monster

Translated by Iñigo Javaloyes

ISBN 978-0-545-37547-4

Goosebumps book series created by Parachute Press, Inc.

Goosebumps HorrorLand #7: *My Friends Call Me Monster*
copyright © 2009 by Scholastic Inc.
Translation copyright © 2012 by Scholastic Inc.

12 11 10 9 8 7 6 5 4 3 2 1   12 13 14 15 16 17/0

Printed in the U.S.A.   40

First Scholastic Spanish printing, January 2012

¡3 ATRACCIONES EN 1!

MIS AMIGOS ME LLAMAN MONSTRUO

—Michael, qué locura —susurró mi amiga Daisy—. No sé qué hacemos aquí.

—Demasiado tarde —repliqué—. Ya estamos aquí.

Daisy tenía razón. Colarnos en la casa de nuestra maestra era una verdadera estupidez.

Pero ahí estábamos los tres, Daisy, nuestro amigo DeWayne Walker y yo, en la cocina de la Sra. Hardesty. Miré a mi alrededor tratando de ver algo en la penumbra. Todas las ventanas estaban cerradas.

—Qué curioso —dijo DeWayne—. Mantiene su casa tan oscura como el salón de clases.

La cocina olía a canela. La Sra. Hardesty tenía un montón de fotografías pegadas en el refrigerador. Apenas se distinguían las caras en la penumbra. Había un cartón de huevos vacío en el fregadero.

Mis amigos me siguieron hasta la sala. Allí también estaban cerradas las ventanas.

Había cuatro sillas de cuero negro a juego con un sofá. Junto al sofá, unas agujas para tejer se asomaban en una cesta que tenía un ovillo de lana. El *tic-tac* de un reloj de madera sobre la chimenea rompía el silencio.

—Esto no me hace ninguna gracia —susurró Daisy—. Si vuelve y nos descubre aquí adentro, estamos acabados.

—No te preocupes —respondí—. Aún está en la escuela.

—Dejemos el gato de una vez y larguémonos de aquí —dijo DeWayne.

Alzó la jaula y vi los ojos azules del animal mirándome fijamente.

Te estarás preguntando qué hacíamos en casa de la Sra. Hardesty con un gato negro. Pues bien, teníamos un plan. Un plan muy sencillo.

La Sra. Hardesty era muy supersticiosa. Llegaría a su casa, miraría al suelo y vería un gato negro frotándose contra sus tobillos... ¡y se llevaría el susto de su vida!

Deseaba estar allí en el momento en que viera el gato. Pero mi plan era estar muy lejos de allí cuando ella llegara.

El gato maullaba y se frotaba contra los barrotes de la jaula. Tenía muchas ganas de salir.

—Monstruo, abre la jaula —dijo DeWayne—. Suelta el gato de una vez y larguémonos.

Mis amigos me llaman Monstruo.

4

Es un apodo, por supuesto. Y la verdad es que me gusta. Me llaman así porque soy bastante grandulón. Aunque solo tengo doce años, parezco un estudiante de escuela secundaria. Y, además, tengo mucha fuerza.

Lo cual no está nada mal.

Aunque también me llaman Monstruo por mi carácter. Y eso no es tan bueno.

Mis padres dicen que soy de mecha corta. Eso quiere decir que tengo una personalidad explosiva. Pero no vayas a pensar que siempre estoy enfadado porque tampoco es así. Solo me enfurezco cuando me sacan de mis casillas.

Y esa era la razón por la que estaba con mis dos amigos en casa de la Sra. Hardesty. Nuestra maestra nos hacía la vida imposible desde que llegó a la Escuela Intermedia Adams.

—Suelta el gato —dijo DeWayne alzando la jaula.

—Aquí no —dije—. La Sra. H lo vería enseguida y eso no tiene gracia.

—¿Lo soltamos en el sótano? —dijo Daisy—. Imagínenselo. La Sra. Hardesty abre la puerta del sótano y se encuentra con un gato negro mirándola fijamente.

—¡Perfecto! —dije, y froté la frente de Daisy con un dedo—. Bien pensado.

Avanzamos por el pasillo hacia la puerta del sótano. La abrí. Estaba muy oscuro. Palpé la pared buscando el interruptor y encendí la luz.

Empezamos a bajar al sótano. Los peldaños de madera crujían a cada paso. El gato volvió a maullar.

—Paciencia —le dije al gato—. Vas a tener un magnífico sótano para ti solito. Y la Sra. H cuidará de ti.

Llegamos a un pasillo corto. El aire se sentía frío y húmedo. El sótano estaba dividido en dos habitaciones. Las dos puertas estaban cerradas.

DeWayne puso la jaula en el suelo y se agachó para abrir una puerta.

Fue entonces cuando lo oí. Un golpe. Procedía de una de las dos habitaciones.

Nos quedamos helados. DeWayne me miró con la boca abierta. Daisy dio un paso atrás.

Luego oímos un gruñido y un golpe más fuerte que el anterior.

El corazón me dio un vuelco.

—¡Ahí dentro hay alguien! —susurré.

Nos quedamos callados. DeWayne agarró la jaula por el asa, nos apartamos de la puerta y salimos corriendo.

Solo oíamos nuestros propias pisadas en los escalones del sótano.

Pero poco antes de llegar arriba oí un sonido metálico. Algo golpeó uno de los escalones y rebotó hacia abajo.

—¡Se me ha caído algo del bolsillo! —exclamé.

6

¿Sería mi teléfono celular?

Fuera lo que fuere no estábamos dispuestos a bajar de nuevo al sótano. Escapar era lo único que teníamos en la cabeza.

¡Alguien o algo nos estaba persiguiendo!

2

DOS SEMANAS ANTES

—¿Quién de ustedes ha oído hablar del Monstruo del Lago Ness? —preguntó la Sra. Hardesty.

Varios compañeros levantaron la mano.

—¡Y dale! ¡Qué pesada con los monstruitos! —le susurré a DeWayne, que estaba sentado a mi lado.

Mi amigo hizo un gesto de resignación.

—Es verdad, no habla de otra cosa —dijo.

—La otra clase de sexto grado está estudiando la Guerra Civil —dije—. Y aquí no hacemos más que hablar de monstruos. ¡Qué tipa más rara!

DeWayne se rió. DeWayne es un muchacho desgarbado y bien parecido. Siempre lleva jeans anchos un poco caídos y camisetas estampadas con cantantes de *hip-hop*. Tiene los ojos grandes color café y lleva el pelo rapado.

Me cae muy bien. Lo único que no me gusta es que se ríe demasiado alto, lo cual siempre acaba causándome problemas.

Al levantar la mirada me di cuenta de que la Sra. Hardesty me estaba mirando con sus ojitos de águila.

—¿Qué es lo que tiene tanta gracia, Michael? —preguntó.

Me encogí de hombros.

—Me encantaría que lo compartieras con todos —dijo.

Volví a encogerme de hombros y sonreí.

Supongo que lo apropiado hubiera sido pedir disculpas por haberme reído, pero siempre me las arreglo para meter la pata con la Sra. Hardesty.

Es más, creo que me tiene manía.

Se quedó mirándome con una expresión implacable, el rostro rígido como una estatua.

La Sra. Hardesty tiene cara de pájaro, con esos ojitos pequeños y esa nariz aguileña. Tiene el pelo corto y de punta, como un plumero. Su cabello es muy rubio, casi blanco, y tiene la cara pálida y alargada.

—¿Te importaría contar al resto de tus compañeros cómo es el Monstruo del Lago Ness, Michael? —me dijo.

—Yo diría que se parece bastante a DeWayne, aunque no es tan feo como él.

Todos se rieron. Todos menos la Sra. Hardesty, por supuesto. Arrugó la nariz y resopló, que es lo que hace siempre que se enfada.

Alzó una fotografía grande.

—Esto que ven en la fotografía es el Monstruo del Lago Ness —dijo.

Hablaba caminando de un lado a otro, aunque apenas se la podía ver. Siempre mantiene la clase casi a oscuras. A toda hora nos tropezamos con las mochilas. Y cuando hacemos algún examen tenemos que acercar el papel a la cara para poder leer las preguntas.

Aunque era un día radiante y soleado, las ventanas estaban cerradas y las luces del techo eran muy tenues.

—Como pueden apreciar, el Monstruo del Lago Ness se parece mucho a los ictiosaurios —prosiguió la Sra. Hardesty—. Mucha gente dice que esta fotografía es falsa. Por alguna razón, muchas personas no están dispuestas a creer que los monstruos existen.

Metí la mano en mi mochila y saqué mi silbato de perro.

—Pero lo cierto es que cada año cientos de personas van a Escocia para ver el monstruo —prosiguió la Sra. H.

De pronto, una ventana se abrió inexplicablemente y todo el mundo saltó sorprendido. Un haz de luz blanca entró por la ventana.

La Sra. Hardesty se tapó los ojos con la mano. Se acercó hasta la ventana con mucho cuidado y la cerró. El salón de clases volvió a quedar prácticamente a oscuras.

La maestra agarró su amuleto, una pata de conejo que tenía sobre la mesa. Siempre que se pone nerviosa agarra el amuleto y lo aprieta con fuerza. Y siempre está nerviosa.

—A lo largo de los siglos se han visto muchos otros monstruos —dijo—. Los marineros de la antigüedad creían que los mares estaban poblados de serpientes marinas. Y...

¡FATAP!

La ventana volvió a abrirse.

La Sra. Hardesty salió corriendo hacia la ventana. Volvió a cerrarla y la mantuvo así durante varios segundos. Luego volvió a su mesa manoseando la dichosa pata de conejo.

¡FATAP!

Otra vez la ventana. Todo el mundo soltó una carcajada mientras el sol entraba hasta el fondo del salón de clases.

Escondí el silbato debajo de la mesa. La Sra. H no me había visto soplar el silbato, y no tenía ni la más remota idea de que Michael Munroe es un auténtico genio de la tecnología.

Pues sí. La verdad es que soy muy bueno con la tecnología. La gente no lo sospecha porque para ellos solo soy el Monstruo, un chico grandulón y torpe que solo sabe buscarse problemas.

Pero lo cierto es que soy un sabelotodo de las computadoras y la electrónica en general.

Antes de que empezara la clase, puse un receptor en la ventana. Cada vez que soplaba el silbato, unas ondas de alta frecuencia, inaudibles para los humanos, activaban el receptor haciendo que la ventana se abriera.

¡FATAP!

Volví a hacerlo, solo para fastidiar a la Sra. H y para hacer reír a los demás. Luego escondí el silbato detrás de mi libro de texto.

La Sra. Hardesty se rascó la cabeza.

—¿Por qué se abrirá esta ventana? —dijo.

—A lo mejor es un espíritu malvado —dijo DeWayne.

Mi amigo sabía de sobra que era yo, pero a él también le gustaba torturarla.

—Uuuuuuuhhh —dijo DeWayne como un fantasma.

La Sra. Hardesty se quedó boquiabierta. Al parecer, el chiste no le hizo ninguna gracia. Si seguía apretando así la pata de conejo acabaría espachurrándola.

—Uno jamás debe hacer bromas sobre espíritus malvados —dijo con voz temblorosa.

Tenía un frasco de polvo negro en su mesa. Metió la mano en el frasco, sacó un puñado de polvo y se lo echó por detrás del hombro.

A estas alturas ya te habrás dado cuenta de que esta tipa debía ser la maestra más rara del mundo.

¿Qué era ese polvo? Eso es lo que nos preguntábamos todos. Daisy cree que son alas de murciélago molidas. DeWayne dice que son ojos de salamandra en polvo, un ingrediente que, según él, usan las brujas para sus pócimas. Se nota que le gustan los libros de terror.

La Sra. Hardesty cerró la ventana y la examinó detenidamente. Esperaba que no descubriera el pequeño receptor que había instalado en la parte de abajo.

Volvió a su mesa. Alcé mi silbato y me dispuse a soplar de nuevo.

¡Ay!

El silbato se me resbaló de la mano. Intenté agarrarlo en el aire, pero rebotó en la mesa y se deslizó por el suelo hacia la mesa de la Sra. Hardesty.

"¿Lo habrá visto?", pensé.

Pues sí, lo vio.

Se quedó mirándolo con los ojos entornados y luego me miró a mí.

—¿He hecho algo malo? —pregunté.

Según ella, sí. Me pidió que regresara al salón después de las clases.

El cielo se empezó a cubrir de nubes y nuestro ya de por sí oscuro salón de clases quedó prácticamente en tinieblas.

La Sra. Hardesty tenía dos velas encendidas encima de la mesa. Cuando entré en el salón, la vi inclinada sobre ellas.

—Sra. Hardesty, de verdad que lamento lo del silbato —le dije—, pero no me puedo quedar después de clases.

La maestra seguía murmurando cosas con los ojos cerrados. El humo de las velas le daba en la cara, lo cual no parecía importarle.

Finalmente abrió los ojos. La luz de las velas hacía que su piel se viera de un tono grisáceo, como el color de la ceniza.

—Por supuesto que te vas a quedar después de clase —dijo.

—No, de verdad —respondí—, no puedo. Tengo entrenamiento de lucha libre.

El capitán del equipo de lucha es el mismísimo Monstruo Munroe. ¿Quién más?

—Siéntate, Michael —dijo la Sra. H señalando hacia una silla—. Quiero que reflexiones, que luches, pero con tus pensamientos.

—¿No me va a dejar ir a mi entrenamiento? —protesté.

La Sra. H metió la mano en el frasco de cristal y se echó un poco de polvo negro por encima del hombro.

—Siéntate —dijo.

Me senté, arrojé mi mochila al piso y se me escapó una palabrota en voz baja.

Sentía una opresión en el pecho, que es lo que siento cuando alguien me empieza a sacar de mis casillas.

La Sra. Hardesty apagó las velas de un soplido. Tuve la sensación de que inhaló el humo.

—Michael, ¿crees que burlarte de tu maestra es propio de un chico inteligente? —preguntó.

—¡No tuve que esforzarme tanto! —respondí.

¡AAAY! Volví a meter la pata. ¿Por qué no podré cerrar la bocota?

Oí risas en el pasillo. Sabía que eran Daisy y DeWayne.

La Sra. Hardesty se levantó enfurecida, caminó hasta la puerta y llamó a mis amigos.

DeWayne se sentó a mi lado meneando la cabeza.

Daisy tampoco parecía muy contenta. Nunca se mete en líos. Tiene un aire angelical, con su cabello rizado color zanahoria, su cara salpicada de pecas y unos hoyitos que le adornan las mejillas aunque no sonría. Todo el mundo piensa que es una muchacha dulce y adorable.

Todo el mundo que no la conoce como yo, claro. En realidad tiene un gran sentido del humor. Si se lo propusiera, podría ser tan problemática como yo.

—Nosotros no hemos hecho nada —dijo Daisy—. ¿Por qué tenemos que quedarnos también?

La maestra pidió a Daisy que se sentara, y luego nos miró por turnos con el ceño fruncido.

—Ustedes tres tienen que cambiar de actitud —dijo frotándose la barbilla—. Y creo que sé qué podría ayudarlos.

—Yo también —dije—. No perderme mi entrenamiento de lucha libre me vendría muy bien. Se lo digo en serio.

DeWayne esbozó una sonrisita y dijo:

—El semestre pasado saqué una C en comportamiento.

La Sra. Hardesty lo miró con impaciencia.

—No calificamos el comportamiento.

DeWayne la miró con los ojos entornados.

—¿Está segura? —preguntó.

DeWayne le estaba tomando el pelo, pero ella no se daba cuenta.

—Sé qué les conviene —dijo la Sra. Hardesty—. Seguro que un poco de trabajo honrado no les vendrá mal.

Los tres protestamos.

—Tienen dos opciones —dijo—. Pueden quedarse dos horas después de que terminen las clases durante una semana.

Volvimos a protestar.

—O pueden hacer un poco de trabajo comunitario —dijo la Sra. H.

Nos quedamos mirándola sin poder creer lo que decía. Me dieron ganas de sacar el silbato y hacer que la ventana se abriera de golpe.

—De hecho tengo un proyecto perfecto para ustedes tres —dijo la Sra. Hardesty—. Un proyecto en un lote que está junto a mi casa. Pueden venir el sábado.

—No puedo —dije—. Mi papá me va a llevar a una feria de computadoras y...

—No puedo —dijo Daisy—. El sábado tengo clases de tenis y...

—El sábado —insistió la Sra. Hardesty—. Y no quiero ni la más mínima excusa.

Oí a alguien toser. Al voltearme vi al Sr. Wong entrando en el salón de clases.

El Sr. Wong es el nuevo director de la escuela. Tiene un aspecto un tanto extraño. No es viejo, pero tiene las mejillas fofas y los ojos saltones

17

como un sapo. Apuesto lo que sea a que de niño lo llamaban Sapito o Batracio.

Siempre lleva un traje a rayas, camisa blanca y corbata oscura. Y aunque es muy bajito, tiene una voz profunda y resonante, como un gran sapo, se podría decir.

Pero es un buen tipo.

La directora anterior apenas se dejaba ver. Se pasaba el día encerrada en su oficina. El Sr. Wong siempre está en el pasillo saludando y hablando con los estudiantes. Le gusta estar con nosotros.

El Sr. Wong le pidió a la Sra. Hardesty que le dijera cuál era el problema. El director nos miraba de reojo mientras la maestra hablaba con el ceño fruncido señalándome con su alargado y huesudo dedo.

No podía oír nada de lo que decía, pero oí al Sr. Wong decir:

—No seas tan dura con ellos. Solo fue una broma.

Como decía antes, el Sr. Wong es buena persona.

Pero la Sra. Hardesty no dejaba de menear la cabeza, moviendo su flequillo como un gallo de pelea. El Sr. Wong acabó dándose por vencido.

La Sra. Hardesty se volteó hacia nosotros.

—Los espero el sábado a los dos en punto. Y recuerden, no quiero excusas —dijo—. Nos reuniremos en mi casa.

Regresó a su mesa y empezó a recoger papeles.

El Sr. Wong se acercó a nosotros.

—La Sra. Hardesty y yo somos vecinos. Pasaré por ahí para ver cómo va todo —susurró.

Se volteó y salió de la clase.

DeWayne, Daisy y yo empezamos a quejarnos.

—Presten atención —dijo la Sra. Hardesty—. Es importante. Quiero que vengan con ropa de trabajo. Y les recomiendo que traigan tapones para la nariz.

¿Qué? ¿Tapones para la nariz?

¿Qué trabajo nos tendría reservado?

Esta bruja me arruinó el sábado por completo. Mi papá había prometido que me llevaría a una feria de computadoras en el centro de convenciones. Llevaba todo el año esperándola.

¿Y dónde estaba yo el sábado por la tarde? Junto a Daisy y DeWayne ante la puerta trasera de la casa de la Sra. Hardesty.

Era un día cálido y despejado. Tan solo unas nubecillas surcaban el cielo azul. Pero, ¿acaso importaba?

Estaba enojadísimo. Quería alzar la cabeza al cielo, rugir y arrojar objetos a la ventana.

Cuando apareció la maestra, la seguimos hasta un lote abandonado. No tardé en notar un olor desagradable en el ambiente. No solo desagradable, sino repugnante. La Sra. Hardesty se detuvo ante un enorme contenedor de basura que olía a rayos.

—Quiero que abran eso y saquen todas las latas y botellas que se puedan reciclar —dijo la Sra. Hardesty.

—¡Puaf! —exclamó DeWayne dando un paso hacia atrás.

—¿Perdón? —pregunté—. ¿Quiere que nos metamos dentro de esa basura?

—Creo que lo expliqué bien —dijo.

Daisy se tapó la nariz. Se le estaba poniendo la piel verdosa.

—Será un servicio valioso para su comunidad —dijo la Sra. Hardesty—. Quiero que suban al contenedor, se metan dentro y busquen todas las botellas, latas y frascos que puedan.

—¡Pero esto *apesta!* —protestó DeWayne—. ¡Huele a ratón muerto!

La Sra. Hardesty nos dio una pala a cada uno.

—¡Buena suerte! —dijo.

—Pe... pero... —dije mientras la Sra. H se daba media vuelta y regresaba a su casa.

Mis amigos y yo nos miramos. ¿Teníamos escapatoria? Creo que no.

Varios segundos después estábamos hundidos hasta las rodillas en un fango asqueroso de basura podrida. Tenía los jeans enlodados de aquella masa tóxica. El hedor era realmente sofocante.

Por otro lado, andar sin perder el equilibrio era prácticamente imposible. Después de uno o dos pasos noté algo que se deshacía bajo mi bota. Un mapache muerto.

—¡ESTO ES INCREÍBLE! —grité—. ¡Esto es absolutamente INJUSTO!

Perdí el control. Empecé a arrojar basura contra las paredes del contenedor.

Me imaginé a mí mismo levantando el contenedor como Supermán y vaciándolo en la ventana de la Sra. Hardesty.

—¡ME NIEGO! ¡ME NIEGO! —grité arrojando basura por todas partes.

Daisy me agarró por un hombro y DeWayne, por el otro.

—Tranquilo, Monstruo —dijo DeWayne en voz baja.

Querían que me quedara quieto, pero me lancé hacia delante y me zafé.

Y entonces caí de bruces sobre la basura.

Sentí que algo me salpicaba la cara. Un líquido pestilente me empapó la camiseta. Me quedé sentado en el suelo del contenedor, escupiendo y quitándome del pelo cáscaras de huevo y trozos de carne infestada de gusanos.

Intenté quitarme la pasta verdosa y fétida que me empapaba la cara, pero era imposible.

Mis amigos me ayudaron a pararme.

DeWayne me pasó la pala.

—¿Te sientes mejor? —preguntó.

Me dio risa y a mis amigos también.

Empezamos a hurgar en la basura. No encontramos muchas botellas ni latas. La mayoría de la gente no tira los objetos reciclables a la basura. Pero aun así, seguimos buscando.

—La Sra. Hardesty sabe de sobra que aquí no hay mucho que reciclar —dije—. Lo único que quiere es fastidiarnos.

—¡AAAYYY! —Daisy pegó un grito y empezó a golpear la basura frenéticamente con la pala—. Ahí abajo hay algo vivo.

¡BUM! ¡BUM! ¡BUM!

Sí. Tenía razón. Abajo, en lo más hondo, había algo que agitaba la basura.

DeWayne y yo agarramos a Daisy y la ayudamos a salir del contenedor. Luego salimos nosotros y arrojamos las palas al suelo.

—¡Ay! —grité sobresaltado.

El Sr. Wong estaba allí, mirándonos en silencio.

Aunque era sábado, llevaba uno de sus trajes a rayas y una corbata marrón. Su cabello engominado brillaba bajo el sol. Nos miraba con sus ojos saltones y llorosos.

Parecía contento, pero en cuanto vio que teníamos todo el cuerpo embadurnado de basura, se le quitaron las ganas de sonreír y se tapó la nariz.

Y no era para menos. Yo mismo podía olerme. Te puedo decir que la situación no era para nada agradable.

—Lo están haciendo muy bien, chicos —dijo sin dejar de taparse la nariz—. Les he traído unas barras de chocolate para que tengan más energía.

Nos pasó una a cada uno.

Luego se sacó unas servilletas del bolsillo de la chaqueta.

—Tomen, límpiense un poco con esto.

Le dimos las gracias y él se alejó corriendo, no andando. Nuestro olor era insoportable.

Me limpié una sustancia gelatinosa de la frente con una servilleta. Tenía los jeans y la camiseta absolutamente empapados de algún líquido desconocido. Hasta habían cambiado de color. Me picaba la espalda. Luego supe que la tenía llena de insectos.

Vi que Daisy y DeWayne estaban hablando, pero no podía oírlos. Tenía un pitido en los oídos, que es lo que me pasa cada vez que me enojo mucho.

—Voy a darme una ducha de dos horas —dijo DeWayne.

Daisy se quitó del pelo una hoja de lechuga podrida. Estaba cubierta de gusanos marrones.

—La próxima vez que mi mamá me pida que saque la basura me va a dar un ataque de pánico —dijo.

Me quedé mirando la casa de la Sra. Hardesty, muerto de rabia.

—Esta se la pienso cobrar —dije—. Se pasó. Y mucho. Ya buscaré la manera de vengarme.

Nos despedimos y nos fuimos cada uno por nuestro lado.

Yo iba de jardín en jardín, corriendo entre las

sombras y procurando que nadie me viera ¡o me oliera!

De repente, vi algo que se movió. Me detuve. Ahí estaba. Allí, entre dos casas. Un gato negro muy quieto. Sentadito. Mirándome con sus grandes ojos azules.

¿Más mala suerte aun?

No. Qué va. De pronto, se me ocurrió un plan, mi venganza.

5

Y así fue como Daisy, DeWayne y yo acabamos colándonos en casa de la Sra. Hardesty con un gato negro.

La verdad es que mis amigos no querían hacerlo. Meterse en casa de una maestra da bastante miedo, pero un poco de persuasión bastó para convencerlos.

Daisy se había lavado el pelo con champú diez veces, pero aún tenía insectos en la cabeza. Y DeWayne tuvo que tirar sus jeans a la basura. Su mamá se negó a meter una ropa tan asquerosa en la lavadora.

Todos teníamos nuestras razones para vengarnos de la Sra. Hardesty.

Sabíamos lo supersticiosa que era. Y raro era el día en que no mencionaba la mala suerte que dan los gatos. En una ocasión nos dijo que una vez que tienes mala suerte es muy difícil deshacerse de ella.

Así que la idea era perfecta: soltarle un gato negro en su casa para que le diera un ataque de PÁNICO.

Ese gato siempre estaba merodeando por nuestro barrio. Nadie sabía si tenía dueño. Y creo que el animal tenía ciento siete vidas porque siempre lo veía por todas partes.

Así que, después de las clases, agarramos el gato y nos dirigimos a casa de la Sra. Hardesty. Sabíamos que esa tarde tenía reuniones con algunos padres. Antes de entrar en la casa, comprobamos que su auto no estuviera estacionado en la entrada y que no hubiera vecinos mirando.

Probamos la puerta trasera. ¡No estaba cerrada con llave! Sin pensarlo dos veces entramos en la cocina.

Luego bajamos al sótano. Tratamos de hacer el menor ruido posible. El gato se movía sin parar de un lado a otro de la jaula.

El plan era actuar con rapidez. Entrar, soltar el gato y largarnos.

Pero las cosas no salieron así. Oímos golpes, quejidos y lamentos en una de las habitaciones del sótano. El corazón me saltaba sin parar.

No estábamos solos.

Subimos las escaleras a toda velocidad. Algo se me cayó del bolsillo del pantalón, pero no regresé para recuperarlo. El gato estaba maullando como loco.

Llegamos arriba jadeando. ¿Nos estarían persiguiendo?

Me di la vuelta y miré hacia la oscuridad, hacia el fondo del sótano. No. No había nadie en las escaleras.

Cerré la puerta de una buena vez y me apoyé en ella fatigado.

—No pasa nada —dije—. No pasa nada.

Daisy miró a su alrededor.

—Suelta ya el dichoso gato —le dijo a DeWayne—. Y vámonos.

DeWayne puso la jaula en el suelo y empezó a abrir la puerta.

—No, espera —dije—. En el ático. Vamos a soltarlo en el ático.

Los dos se quedaron mirándome irritados.

—¿Por qué? —preguntaron.

—El susto será mayor —dije—. Imagínenselo. La Sra. Hardesty está en la sala. Oye algo que se mueve por el ático. Abre la puerta y... ¡se topa frente a frente con la MALA SUERTE!

Solo de pensarlo me daba risa.

DeWayne agitó la cabeza.

—Monstruo, qué malo eres.

—¡Y qué estúpido! —susurró Daisy—. No puedo creer que estemos aquí adentro. Si nos descubren...

Daisy parecía estar muerta de miedo.

—No nos van a descubrir —dije. Me asomé por una ventana. No se veía el auto de la maestra por ningún lado—. Ya saben lo que duran las reuniones con los padres. Tenemos toda la tarde.

Tuvimos que investigar un poco hasta dar con las escaleras del ático. Las encontramos al final de un pasillo, junto al dormitorio de la Sra. Hardesty.

Abrimos la puerta. Apenas había luz.

Allí arriba se sentía más calor. Olía a rancio, a humedad.

El gato empujaba los barrotes de la jaula con la patita. Se moría de ganas de salir de allí.

Entré en el ático. Me pareció enorme. Las paredes eran de madera de pino. En la parte frontal había dos ventanucos por los que entraban dos haces de luz.

El ático estaba lleno de muebles cubiertos con sábanas. Había una vieja máquina de escribir y una radio de plástico sobre una caja de madera. Vimos un sofá largo de cuero tumbado sobre el respaldo, con una sábana que caía por un lado.

A poca distancia de nosotros, junto a las escaleras, había un objeto alto, ancho y redondeado. Estaba totalmente cubierto por una sábana. Debía medir seis pies, como poco. ¿Qué sería? ¿Algún tipo de escultura?

Me dispuse a levantar la sábana para investigar, pero Daisy me tiró del brazo.

—No hay tiempo para curiosear —susurró—. Y además hace mucho calor. Larguémonos.

DeWayne puso la jaula delante del sofá de cuero y abrió la puerta.

El gato salió rápidamente. Dio tres o cuatro pasos e inclinó la cabeza de un lado a otro para mirar a su alrededor. Luego se quedó quieto, mirándonos con sus ojos azules.

—Misión cumplida —dije—. Perfecto. Qué ganas tengo de...

Fue entonces cuando sonó el portazo en el jardín.

Me quedé pasmado y miré a Daisy. Tenía los ojos como platos. Los tres nos quedamos paralizados. ¡Y el gato también!

Me acerqué a uno de los ventanucos y miré afuera.

¡Trágame tierra!

—¡Es la Sra. Hardesty! —dije—. Ya regresó.

DeWayne tenía la cara descompuesta.

—¿Y ahora cómo salimos de aquí? —dijo Daisy.

Vi que la Sra. H se acercaba a la puerta principal.

—Me temo que estamos atrapados —dije.

Oímos la puerta principal abrirse y cerrarse. Oímos a la Sra. Hardesty entrar en el recibidor.

Tosió y dijo algo entre dientes.

Podía oír absolutamente todo. Era como si de repente tuviera un superoído.

—Si nos descubre estamos perdidos —susurró Daisy.

DeWayne tragó saliva.

—¿Crees que nos expulsarán de la escuela? —preguntó.

—Seguro que nos pone delante de un pelotón de fusilamiento —dijo Daisy.

—No sean pesimistas —dije yo—. Vamos a salir bien de esta.

Siempre procuro ver el lado bueno de las cosas. Sobre todo cuando las cosas se ponen feas.

Miré alrededor del ático. No había puerta trasera ni vía de escape alguna. Sabía que nos oiría si intentábamos bajar por las escaleras.

¿Podríamos salir por una ventana y deslizarnos hasta el suelo?

Imposible. Las ventanas eran demasiado pequeñas.

Hice una seña a mis amigos, que estaban detrás del sofá. Nos pusimos todos en cuatro patas.

¿Y el gato?

Asomé la cabeza y miré a mi alrededor. Ni rastro de él. ¿Habría bajado ya por las escaleras?

¡Lo que nos faltaba!

Me apoyé contra el respaldo del sofá y afiné el oído. Ya no oía a la Sra. Hardesty. Lo único que oía era mi respiración.

Luego oí agua. ¿Sería del fregadero de la cocina?

A los pocos segundos oímos a la Sra. Hardesty hablando sola. Y justo después se oyeron pasos. Sonaban cada vez más fuertes.

—Está subiendo —susurró Daisy—. Seguramente va a su dormitorio a cambiarse la ropa de la escuela.

—¿Es que las maestras llevan una ropa especial a la escuela? —dijo DeWayne con tono sarcástico.

—¡Shhh! —susurró Daisy—. ¿Quieres que nos escuche?

Más pasos. La Sra. Hardesty tosió. Los sonidos se hacían cada vez más fuertes.

Ahora estaba muy cerca de nosotros. *Demasiado* cerca.

Si hacíamos el más mínimo ruido la Sra. H subiría a investigar.

Aguanté la respiración. Los tres nos quedamos helados.

Y entonces al gato le dio por maullar. Un maullido largo y estridente.

Se me cortó la respiración y cerré los ojos.

"Estamos perdidos... ¡perdidos!"

Al abrir los ojos vi al gato a mi lado.

—*Shhh* —susurré. ¿Sabrán los gatos lo que significa *shhh*?

Agarré el gato y lo apreté contra mi pecho.

¡Miiiiiaaaaoooouuu!

Otro maullido eterno.

Apreté los dientes hasta hacerlos rechinar. DeWayne cerró los ojos y se puso en posición de rezar. Daisy miró hacia adelante.

Luego oímos pisadas. Los escalones del ático crujieron. Los pasos se acercaban.

Ya no había nada que hacer. La Sra. Hardesty estaba en camino.

7

Abracé al gato con más fuerza.

—Por favor —le supliqué—. Cállate.

Los escalones del ático gemían con cada paso de la Sra. Hardesty. Me asomé muy despacio, lo justo para ver qué pasaba.

La Sra. Hardesty estaba en el ático.

Daisy tenía razón. Se había cambiado de ropa. Llevaba una sudadera gris y unos pantalones anchos de color morado. Y en vez de zapatos de tacón llevaba unos tenis negros.

"Por favor, no maúlles —le supliqué mentalmente al gato—. No hagas ningún ruido, te lo ruego".

La Sra. Hardesty miró a su alrededor. Dio varios pasos hacia el sofá.

Limpió con su mano algo que había encima de una radio vieja. Luego se dirigió a la ventana y se asomó a la calle.

Creo que fue el momento más largo de mi vida.

Había que intentar a toda costa que la maestra no nos sorprendiera en el ático de su casa.

Oí voces. Niños jugando fuera. Deseaba ser uno de ellos.

Abracé al gato con más fuerza todavía. ¿Estaría asfixiando al pobre animal?

La Sra. Hardesty se apartó de la ventana. Se acercó al objeto alargado que había junto a las escaleras.

Sin dejar de abrazar al gato ni un instante, volví a asomarme por detrás del sofá.

Estaba quitando la sábana. Al cabo de unos segundos empecé a vislumbrar lo que había debajo. Era algo blanco y liso.

La maestra quitó la sábana por completo y la dobló con cuidado. Me quedé mirando lo que había destapado. No podía dejar de mirar. No podía dar crédito a mis ojos.

Era un huevo. Un huevo de seis pies de alto.

Daisy y DeWayne seguían de cuclillas detrás del sofá. No veían lo que estaba viendo yo. Seguían con la mirada fija en la pared y ni se atrevían a respirar.

La Sra. Hardesty caminó alrededor del huevo. Lo estaba inspeccionando. Acarició la enorme cáscara con la mano.

Tenía una extraña sonrisa en el rostro y sus ojos lanzaban destellos de emoción.

"¿Qué clase de ave pondrá huevos tan grandes?", me pregunté.

Recordé los huevos de dinosaurio que había visto semanas antes en el canal Discovery. ¡Eran enanos en comparación con este!

"No puede ser un huevo real —pensé—. Debe de ser una escultura. Sí. Eso es. Se trata de una obra de arte. Alguien lo habrá moldeado con arcilla o algo así. Por eso lo mira con tanto orgullo".

Mientras llegaba a esa conclusión, la Sra. H dejó de dar vueltas alrededor del huevo. Se acercó a él e intentó abarcarlo con los brazos.

¿Estaría abrazándolo?

No.

No lo podía creer. Empezó a encaramarse en el huevo. Apoyaba sus tenis sobre la cáscara y extendía las manos para sostenerse y llegar hasta la parte de arriba. Y en unos segundos, la Sra. H estuvo encima del huevo.

Luego se volteó hacia la ventana. ¡Estaba sentada sobre el huevo!

"Vaya. Esa cáscara debe de ser muy gruesa y resistente", pensé.

La vi acomodarse allí arriba. Mantenía las manos apoyadas en la cáscara.

Daisy y DeWayne tenían que ver esto. De lo contrario pensarían que lo estaba inventando todo.

Retrocedí en cuatro patas con mucho cuidado

para darles espacio. Luego hice un gesto para que se asomaran.

Mis amigos alzaron la cabeza lentamente, sin hacer el más mínimo ruido. Se asomaron por un lado del sofá. Al ver a la Sra. Hardesty allí arriba casi se les salen los ojos de las órbitas. Se quedaron boquiabiertos, meneando la cabeza como si no pudieran creer lo que veían.

Tiré de ellos hacia abajo para que me dejaran mirar otra vez. La cabeza me daba vueltas.

¿Qué rayos estaría haciendo nuestra maestra allí arriba? ¿Estaría incubando el huevo?

¿Y qué saldría de allí? ¡¿Un pollo gigante?!

"¡Qué cosa más rara!", pensé.

La Sra. H seguía allí arriba como si nada, mirando por la ventana con las manos apoyadas en el tremendo huevo. Sus pies colgaban a unos tres pies del suelo. Parecía estar muy cómoda.

"Tenemos que largarnos de aquí", me dije.

Ese pensamiento me venía a la cabeza una y otra vez.

¿Pero cómo?

Seguía con el gato abrazado. Miré abajo. Se había quedado dormido en mis brazos. ¡Qué alivio!

Una preocupación menos, de momento. ¿Cuánto tiempo estaría la Sra. Hardesty sentada sobre el huevo? ¿Hasta la hora de cenar? ¿Hasta más tarde?

Me recosté contra el respaldo del sofá y puse al gato en el piso. Luego me crucé de brazos y esperé. Mis amigos seguían quietos como estatuas. Creo que ninguno había estado tanto tiempo sin moverse.

¡Qué día más largo!

El tiempo transcurría muy despacio. El sol descendía tras las ventanas del ático proyectando una luz rojiza. La tarde avanzaba lentamente. Al rato, una pálida media luna se asomó por la claraboya del techo.

Oí algo. Un leve ronquido.

Me asomé de nuevo desde detrás del sofá. ¡Sí! La Sra. Hardesty seguía sentada sobre el huevo, pero tenía la cabeza inclinada hacia abajo y roncaba ligeramente.

—Se ha dormido —susurré a mis amigos.

Los dos me miraron con los ojos como platos. DeWayne estiró los brazos por encima de la cabeza.

—¿Creen que podemos pasar a su lado sin que se despierte? —susurró Daisy.

—Es nuestra única opción —dije.

—¿Y si la despertamos? —dijo DeWayne.

Sabía que iba a ser difícil. Teníamos que pasar junto al huevo para llegar a las escaleras.

Cualquier ruidito o movimiento podría despertar a la Sra. Hardesty.

Y entonces nos descubriría allí mismo, ¡mirando cómo incubaba su huevo!

¿Qué nos haría? Prefería no imaginármelo.

—Quítense los zapatos —susurré—. Y no hagan ruido.

Nos quitamos los zapatos con la espalda recostada contra el sofá. Recogimos nuestros tenis y avanzamos lentamente hacia las escaleras.

Yo iba adelante, haciendo una pequeña pausa entre paso y paso.

El suelo crujió bajo mis pies. Me detuve y miré a la Sra. Hardesty. No levantó la cabeza.

Me di cuenta de que yo no estaba respirando. Tomé aire y volví a aguantar la respiración. Luego seguí avanzando, paso a paso.

Finalmente llegué hasta el huevo. Tenía las rodillas de la Sra. Hardesty muy cerca de la cara. Dos pasos más y habría llegado a las escaleras.

Uno...

Dos...

¡Y entonces una mano me agarró con fuerza por el hombro!

8

Me quedé congelado. Volteé la cabeza.

¡Daisy!

—¡Perdón! —susurró—. Tropecé.

Quitó la mano de mi hombro. ¡Pero mi corazón seguía a mil por hora!

En lo alto del huevo, la Sra. Hardesty murmuró algo incomprensible. ¿Se estaría despertando?

Corrí escaleras abajo sujetando la barandilla y sin mirar atrás. Al llegar abajo corrí por el pasillo dejando atrás el dormitorio de la Sra. Hardesty. Seguí corriendo. Oía a mis dos amigos siguiéndome de cerca.

Nos detuvimos ante la puerta de la cocina a escuchar. No se oía nada arriba. Lo más probable era que la Sra. Hardesty siguiera durmiendo.

Salimos en estampida al exterior. ¡Aaah! ¡Qué gusto respirar el aire fresco del atardecer! El sol estaba a punto de ponerse. Apenas se veía una línea roja tras las casas. Las copas de los árboles agitadas por el viento parecían felicitarnos por haber salido de semejante apuro.

No dijimos ni una palabra. Corrimos en silencio varias cuadras hasta un solar abandonado.

Nos detuvimos al llegar al semáforo de la esquina de mi casa. Apoyé las manos en las rodillas mientras recuperaba el aliento.

DeWayne miraba hacia atrás una y otra vez. Aunque hacía frío tenía la cara empapada en sudor.

—¿Qué hacemos ahora? —preguntó.

—Tenemos que contarle a alguien lo que hemos visto —dijo Daisy agarrada a un poste. Se veía pálida bajo la luz eléctrica y sus pecas apenas se notaban.

—¿A quién vamos a contarle esto? —dije yo un poco mareado—. ¿Y qué contamos? ¿Que hemos visto a la Sra. Hardesty incubando un huevo gigante?

—¿Crees que si contamos eso la gente se reirá de nosotros? —preguntó DeWayne.

—Pues sí —dije yo.

—Creo que se lo debemos contar al Sr. Wong —insistió Daisy—. Él seguro que nos escuchará.

—Seguro que nos escuchará —respondí—. Pero no creerá ni una palabra. Creo que ni yo mismo lo creo.

Nos quedamos mirándonos unos segundos. Una enorme camioneta pasó a nuestro lado con la música a todo volumen y unos niños nos saludaron desde la ventanilla trasera. No les devolvimos el saludo.

—Vámonos a casa a pensar un poco —dijo DeWayne.

—Creo que no voy a poder pensar en otra cosa —dijo Daisy temblando.

—¡Un momento! ¡Ya lo tengo! —gritó DeWayne, dándose un golpe la cabeza—. ¡El Sr. Neurona ataca de nuevo!

Lo miré intrigado.

—¿Qué se te ocurrió? —pregunté.

—No puedo explicarlo —respondió—. No puedo explicar nada.

—¡Desembucha! —dijo Daisy. Luego me miró a mí—. Seguro que es algo genial.

—La Sra. Hardesty nos ha visto —dijo DeWayne—. Sabía que estábamos escondidos detrás del sofá, así que decidió fingir que estaba incubando el huevo. ¡Solo para asustarnos!

—¿Crees que ha sido una broma? —pregunté—. Entonces explícame esto: ¿por qué tiene un huevo gigante en el ático? ¿Para fingir que lo incuba en caso de que unos muchachos se metan en su casa?

—Y si quería gastarnos una broma, ¿por qué se durmió? —preguntó Daisy—. ¿Y por qué nos ha dejado escapar tan fácilmente?

—¿Acaso creen que yo lo sé todo? —respondió DeWayne, encogiendo los hombros.

Tuve un retortijón en el estómago.

—Vámonos —dije—. Se ha pasado la hora de la cena.

Nos despedimos y cada uno se fue por su lado.

Mi mamá me recibió ante la puerta de la cocina.

—Qué tarde has llegado, Michael —dijo—. ¿Dónde estabas?

—Esto... estaba en mi entrenamiento de lucha —dije.

A la mañana siguiente llegué a la escuela un poco tarde. Arrojé mi chaqueta en el casillero y salí a buscar a Daisy y DeWayne. Ni rastro de ellos. Supuse que ya estarían en clase.

Un muchacho de mi equipo de lucha me saludó.

—¡Eh, Monstruo! —dijo.

Al doblar la esquina me topé con el Sr. Wong. Llevaba su traje a rayas de siempre, pero esta vez se había atrevido a ponerse una corbata roja.

—Michael, ¿qué tal? —me preguntó tan sonriente como siempre—. ¿Cómo va todo?

"¿Debería contárselo? —me pregunté. Le podría decir—: Mis amigos y yo hemos visto algo extraordinario, Sr. Wong. Hemos visto a la Sra. Hardesty encaramarse a un huevo gigante e incubarlo durante horas".

Pues no, realmente no podía contarle eso.

—Bien, bien —respondí.

El Sr. Wong es tan bajito que tuvo que levantar el brazo para tocarme el hombro.

—Si tienes algún problema no dudes en

decírmelo, ¿de acuerdo? —dijo—. Recuerda que mi puerta siempre está abierta.

Asentí con la cabeza y le di las gracias. ¿Qué más podía añadir?

Se marchó a toda prisa. Me quedé allí viendo cómo se alejaba por el pasillo.

"Qué raro —pensé—. ¿Sospecharía acaso de la excéntrica Sra. Hardesty? ¿Me habrá ofrecido su ayuda por eso?"

Me fui a mi clase. Cuando me disponía a entrar, la Sra. Hardesty me salió al paso, cerró la puerta y me llevó hacia el pasillo. Entonces, me miró fijamente con sus ojillos de rata.

—¿Pasa algo? —pregunté.

Ella siguió mirándome en silencio y yo la miré a ella. Si pretendía hacer un duelo de miradas, por mí, perfecto. No he perdido un duelo de miradas en mi vida. Una vez le clavé la mirada a DeWayne durante tanto tiempo que el pobre casi se queda bizco.

—Anoche encontré algo en mi casa —acabó diciendo la Sra. Hardesty.

Parpadeó. Y yo gané el duelo.

—Ha aparecido un gato negro en mi dormitorio —dijo apenas separando los dientes. Tenía las mejillas coloradas.

—¿Sí? —respondí haciéndome el loco—. Los gatos dan mala suerte, ¿no?

¿Se estaría tragando mi actuación?

44

—Me he pasado toda la noche en vela, Michael —dijo—. Toda la noche tratando de quitarme la mala suerte del gato.

Me quedé callado.

La maestra acercó su cara a la mía. La acercó tanto que pude oler el café en su aliento.

—¿Has tenido algo que ver con eso, Michael? —dijo pronunciando mi nombre como si le diera asco. Retrocedí hasta la pared. Ella no me quitaba la vista de encima—. ¿Michael? Dime la verdad —dijo—. ¿Tienes algo que ver con el gato que ha contaminado mi casa de mala suerte?

—Ni hablar —dije—. Por supuesto que no.

Su mirada, fría como el hielo, me hizo sentir un escalofrío por toda la espalda.

"Esta mujer es peligrosa", concluí.

¿Por qué estaba tan cerca de mí? ¿Por qué me miraba así?

"Tengo que contarle a alguien lo de esta mujer —pensé—. Tengo que conseguir pruebas para que me crean y sobre todo tengo que averiguar de qué es el huevo que está incubando en el ático".

De pronto me di cuenta de que no me quedaba otra alternativa. Tenía que volver a su casa para desentrañar el misterio del huevo gigante.

—¡Ni hablar! —dijo Daisy.

—Lo mismo te digo —respondió DeWayne.

Tuve que perseguirlos por la calle.

—¿De verdad que no van a regresar al ático conmigo? —pregunté.

—¿Me has visto cara de idiota? —preguntó Daisy—. No tienes que responder a esa pregunta.

—Monstruo, no es asunto nuestro —dijo DeWayne—. Si a la Sra. Hardesty le gusta incubar huevos de gallina gigantes, es asunto suyo.

No podía creer que mis dos amigos se negaran a venir conmigo.

—Las únicas gallinas gigantes que hay aquí son ustedes dos —dije.

Los dos asintieron con la cabeza.

—Tienes razón —dijo DeWayne.

—¿Pero no les interesa saber la verdad? —pregunté—. ¿No les importa que la gente no sepa lo chiflada que está?

DeWayne se llevó dos dedos a la oreja.

—Llámame luego y me cuentas cómo te fue —dijo.

—Sí, llámame a mí también —dijo Daisy—. Y que sea una llamada de larga distancia. No pienso volver a acercarme a esa casa en toda mi vida.

Se marcharon.

Lo cual explica por qué acabé pasando la tarde en el ático de la Sra. Hardesty yo solito.

La maestra volvió a dejar la puerta trasera sin cerrar. Me metí en la casa y subí corriendo al ático.

No vi ni rastro del gato negro. Supuse que andaría merodeando por el barrio otra vez.

El cielo estaba cubierto de oscuros nubarrones. Y, claro, el ático estaba aun más oscuro que antes. Me quedé junto al huevo esperando a que se me adaptara la mirada a la penumbra.

"¿Levanto la sábana?", pensé.

Quería saber cómo era el huevo al tacto. ¿Estaría caliente o frío? ¿Sería como un huevo normal? ¿Podría ver al pollo gigante al trasluz?

Agarré la sábana y empecé a tirar de ella.

No.

De pronto cambié de opinión. No quería que la Sra. Hardesty se diera cuenta de que la había movido.

Solté la sábana y me fui hasta el fondo del ático. Me escondí detrás del sofá y esperé.

Esta vez me acordé de echar un par de barras de chocolate en la mochila para no morirme de hambre.

Cuando iba por la mitad de la segunda barra, oí un portazo de auto a través de la ventana. Varios segundos después oí la puerta principal abrirse y cerrarse.

El corazón me empezó a latir con fuerza y las manos se me empaparon de sudor.

Metí lo que me quedaba de la barra de chocolate en la mochila. Apoyé la espalda en el sofá y me puse a esperar.

Poco después oí a la Sra. Hardesty subir las escaleras hasta su habitación. Se quedó allí un buen rato. La oía caminar de un lado a otro.

"A lo mejor hoy no sube al ático —pensé—. A lo mejor me he arriesgado por nada".

Pero no. Al cabo de varios minutos oí cómo se abría la puerta del ático. Luego oí los pasos de la Sra. Hardesty crujiendo sobre los escalones a medida que subía.

Me quedé inmóvil detrás del sofá. Cuando la oí llegar, me asomé lo justo para verla.

Se había puesto la misma sudadera gris y los mismos pantalones morados. De espaldas a mí, empezó a tirar de la sábana.

La dobló y la echó a un lado sobre el suelo. Luego, una vez más, caminó alrededor del huevo muy lentamente, acariciándolo con la mano.

Aunque era la segunda vez que lo veía, no podía dejar de parpadear de la impresión. ¡Me seguía pareciendo igual de increíble!

"¿Eclosionará hoy el huevo?"

"¿Eclosionará algún día?"

Luego sentí un impulso. Un pensamiento loco.

Me imaginé a mí mismo asomándome por detrás del sofá. Acercándome a mi maestra. Como si nada. Con las manos en los bolsillos y una sonrisa de oreja a oreja.

Me imaginé a mí mismo diciendo: "Perdón, ¿de dónde ha sacado ese huevito? ¿Qué está haciendo?" Luego sacaría una foto con mi teléfono celular.

Por fortuna pude contener ese impulso.

El caso es que puedes buscarte un buen lío si te cuelas en la casa de tu maestra. Sobre todo si ella está ocultando un secreto tan grande como un huevo gigante.

Así que me quedé en cuatro patas. Me quedé lo más pegado al suelo que pude. Y me quedé mirando en silencio mientras la maestra se subía al huevo y se acomodaba en la parte de arriba.

Se quedó allí durante un rato sin moverse. Yo tampoco me moví.

Me estaban empezando a doler los brazos y tenía el cuello tenso.

Oí los primeros goterones de lluvia martilleando en el tejado y truenos en la distancia. El cielo se puso negro y la oscuridad invadió el ático.

Me quedé allí. Con la mirada entornada en la penumbra. Mirando... esperando... mirando.

Estaba a punto de dormirme cuando de pronto escuché un crujido: *crac*.

Se me tensaron los músculos. Parpadeé varias veces tratando de despertarme.

Otro *craaaac*. Más alto que el anterior.

La Sra. Hardesty miró el huevo asombrada y una sonrisa se le dibujó en el rostro. Luego se volteó, puso los brazos alrededor de la cáscara y se deslizó hasta el suelo.

CRAAAAC.

La Sra. Hardesty lanzó los puños al aire y gritó entusiasmada. Estaba loca de alegría.

Los crujidos continuaron. Algunos eran más bien golpecitos suaves. Golpecitos que martilleaban desde el interior con un rítmico *tap tap*.

Un pequeño trozo de cáscara se rompió y cayó al suelo.

Por mi parte, no podía creer lo que veía. Me costaba muchísimo permanecer inmóvil. ¡Al fin había llegado el gran momento!

Otro *CRAAAAAC*, más largo aun que el anterior.

Otro trozo de cáscara cayó al suelo. Pude ver una masa viscosa y amarillenta en el interior.

Y luego... y luego...

Quise gritar, pero me tapé la boca.

Me quedé mirando aquella garra brillante y húmeda. Una garra verde con escamas que se asomaba desde el interior del huevo goteando una baba amarilla. Y entonces aquella garra se abrió mostrando sus afiladas uñas.

10

No podía respirar. Ni siquiera podía parpadear.

La cáscara se rompió por completo. La baba goteaba lentamente hacia el piso formando un charco a los pies de la Sra. Hardesty.

Ella contemplaba aquella escena con una extraña sonrisa. Sus ojos lanzaban destellos de emoción.

Yo estaba en estado de shock. La maestra agarró la pata pegajosa y verde de aquella criatura. Puso los dedos delicadamente alrededor de la huesuda extremidad y tiró de ella hacia fuera.

Tuve que hacer un esfuerzo para no gritar al ver cómo salía esa cosa del huevo. Era una criatura irreal, del tamaño de un perro grande, casi tan grande como el labrador retriever de mi vecino.

Su piel irregular estaba cubierta de una membrana de mucosa color maíz. Parecía piel de reptil, de cocodrilo, o quizá de lagarto.

El monstruo producía unos gemidos guturales y sofocados, como si le costara respirar. Abrió su larguísimo hocico y escupió una enorme bola de flemas amarillas.

A través de sus párpados traslúcidos se veían sus pupilas moviéndose frenéticamente en círculos. Gimió otra vez.

Expulsó otra bola de flemas que fue a parar a los pies de la Sra. Hardesty.

La criatura se levantó torpemente sobre sus patas traseras, que eran más bien cortas, como de caimán. El cuerpo era alargado y rugoso. Y tenía una enorme cabeza con un hocico alargado.

Extendió las patas delanteras. Abrió y cerró las garras, como si estuviera comprobando que funcionaban correctamente. El cuello apenas le sostenía su pesada cabeza mientras miraba alrededor del ático.

Luego lanzó un áspero rugido y cayó al interior de la cáscara.

La Sra. Hardesty extendió ambas manos y tiró del animal obligándolo a incorporarse.

Y entonces la criatura abrió sus fauces y empezó a lloriquear como un bebé.

"Esto no puede ser verdad —me dije a mí mismo—. En realidad no estoy aquí en cuatro patas, en el ático de mi maestra, viendo cómo un monstruo verde sale de un huevo".

La bestia echó la cabeza hacia atrás lanzando un angustioso gemido.

—No pasa nada, chiquitín —dijo la Sra. Hardesty con ternura—. Mamá te ayudará.

La Sra. Hardesty empezó a limpiarle el moco de la espalda con una toalla.

—Eso es, mi chiquitín. Muy bien —dijo la Sra. H.

"¿Mi chiquitín?"

La Sra. Hardesty trataba a aquel bicharraco con mucha delicadeza. Usó cuatro toallas para quitarle toda la mucosa del cuerpo. Le limpió las patas, las garras y las uñas negras.

Mientras lo frotaba con la toalla, el animal ronroneaba como un gato y abría sus enormes mandíbulas. Supongo que las estaría probando, y me di cuenta de que ya tenía dientes.

—No te muevas, chiquitín mío —susurró la Sra. Hardesty.

Con mucho cuidado, mi maestra le despegó un pedacito de cáscara de la espalda. Y luego lo siguió frotando.

—Ven, mi chiquitín, dale un besito a mamá —dijo.

Casi me desmayo al oírle decir eso.

El animal sacó su larga lengua bífida sin apenas abrir la boca. La Sra. Hardesty se inclinó hacia adelante y le dio a aquella cosa un gran... ¡BESO!

Muac.

"Puaj, ¡qué asco!"

¿Se imaginan algo más repugnante?

—Vas a ser un buen muchacho —dijo la Sra. Hardesty acariciándole la cabeza—. Quieres mucho a tu mamá, ¿verdad? No tienes nada que ver con esos asquerosos estudiantes.

Ya había oído suficiente. Lo único que quería era salir de allí. Deseaba contarle a todo el mundo lo que estaba pasando en esta casa.

Se me habían dormido los brazos y las piernas por estar tanto tiempo en la misma posición. Me dolía la espalda y la cabeza me daba vueltas.

Me asomé de nuevo por detrás del sofá. La Sra. Hardesty tenía al monstruo agarrado de una garra y lo guiaba hacia adelante con cuidado.

Lo llevaba hacia las escaleras del ático.

El reptil, o lo que fuera, tosió otra bola de mocos que se estampó contra la pared. Avanzaba con dificultad, golpeando la barandilla de las escaleras a cada paso.

¿Adónde lo llevaba?

Bajaban los escalones uno a uno. Cuando dejé de ver la cabeza de la maestra, salí de mi escondite.

¿Me atrevería a seguirla? No me quedaba más remedio. Tenía que saber dónde planeaba esconder aquella cosa.

Me levanté con dificultad. Tenía las piernas

totalmente dormidas. Me estiré tratando de hacer circular mi sangre lo antes posible.

Avancé de puntillas hacia las escaleras.

Caminaba aguantando la respiración. Muy lentamente y con cuidado, empecé a seguirlos.

—¡Te tengo! —gritó la Sra. Hardesty.

11

¡Qué susto! Me tuve que agarrar de la barandilla para no caerme.

Tardé varios segundos en darme cuenta de que la Sra. Hardesty estaba hablando con el monstruo, no conmigo.

Me obligué a mí mismo a tomar un poco de aire y esperé a que el corazón me volviera a latir con normalidad.

Los había perdido de vista. Ya estaban en el pasillo del segundo piso.

Bajé por las escaleras del ático y me asomé al pasillo. Se dirigían hacia el primer piso.

El monstruo ya caminaba un poco más erguido. La Sra. Hardesty lo llevaba agarrado por la garra y le hablaba continuamente para tranquilizarlo. No podía oír bien lo que decía. Supongo que seguiría con la misma palabrería infantil.

Qué tontera.

Esperé a que empezaran a bajar la siguiente tanda de escaleras pegado contra la pared.

Cuando al fin se despejó el panorama, avancé hasta la cocina. La Sra. Hardesty estaba llevando al monstruo abajo. Al sótano.

Me acerqué a la puerta. Las escaleras del sótano estaban totalmente oscuras, pero si ella se volteaba me podría ver.

No se volteó.

Recordé que su sótano estaba dividido en dos habitaciones. Llevó al monstruo a la puerta de la derecha, hurgó en el bolsillo de sus pantalones y sacó una llave.

Me aventuré a bajar otro escalón. Y otro más.

No podía acercarme demasiado, pero tenía que ver qué se disponía a hacer con aquella criatura.

Bajé otro escalón. Y al bajarlo la madera crujió con fuerza.

Me quedé inmóvil.

¿Me habría oído?

No. Dio un par de vueltas a la llave y abrió la puerta.

Una luz pálida iluminaba el interior del cuarto. Y adentro... ¡había al menos una docena de monstruos! Estaban parados sobre sus patas traseras. Se voltearon para ver al nuevo bebé que la Sra. Hardesty les estaba llevando.

La Sra. Hardesty entró en la habitación. Todos acudieron a recibirla entre gruñidos, aullidos y ronroneos.

—Hola, chiquitines —exclamó—. Mis lindos chiquitines.

"¿Lindos chiquitines?"

No había ninguno que fuera más bajo que la Sra. Hardesty. Sus enormes cuerpos verdosos estaban cubiertos de escamas. Abrían y cerraban la boca sin parar. Claramente se alegraban de ver a mi maestra.

—¿Qué tal están mis chiquitines? —preguntó la Sra. Hardesty con una ternura poco usual en ella.

Los monstruos formaron un círculo a su alrededor. Uno de ellos sacó su larga lengua de serpiente y le lamió la cara.

—¡Magnífico! ¡Magnífico! —dijo ella riéndose. Y entonces se le borró la sonrisa de la cara—. Dentro de poco tiempo no tendré que mantenerlos escondidos aquí abajo —dijo—. Muy pronto NOSOTROS seremos más numerosos que ELLOS.

"¿De qué estaba hablando? ¿Más MONSTRUOS que HUMANOS?"

Un escalofrío me recorrió el espinazo. ¿Qué se proponía hacer con todos estos monstruos que estaba criando en su casa?

—Le hice una promesa al Comandante Xannx —dijo la Sra. Hardesty—. Cumpliremos nuestra misión. Conquistaremos este planeta Y VENCEREMOS a los débiles terrícolas.

No entendía nada, y eso me ponía nervioso.

Comprendía todo lo que había dicho, pero no le encontraba ningún sentido.

Era imposible que hubiera dicho lo que creí haberle escuchado decir.

¿Era la Sra. Hardesty una extraterrestre? ¿Había sido enviada aquí por un comandante con un nombre extrañísimo?

¿Estaba realmente planificando una guerra? ¿Monstruos contra humanos?

No, por favor. No.

Si era verdad, yo era el único humano en la faz de la Tierra que lo sabía. El único humano en la faz de la Tierra capaz de detenerla.

Sí, claro, pero seamos realistas. Es cierto que soy corpulento y fuerte... pero no soy más que un muchacho de doce años.

Si realmente quería detener a la Sra. Hardesty y a su ejército de monstruos iba a necesitar AYUDA. ¡Muchísima ayuda!

No podía apartar la mirada de aquella habitación. El círculo de monstruos se había cerrado alrededor de la Sra. Hardesty. Uno de los monstruos le estaba lamiendo la cara. Otro le lamía la mano. Dos más le habían puesto las patas delanteras sobre los hombros, como si la estuvieran abrazando.

Y ella no paraba de acariciarlos y decirles: "Mis chiquitines, mis lindos chiquitines".

Tenía que salir de allí cuanto antes. Tenía que contarle esto a alguien. ¡A todo el mundo!

Lo más importante en ese momento era salir de aquella casa sin ser descubierto.

Me di la vuelta, agarré la barandilla y empecé a subir los escalones.

Subí tres escalones y luego... no pude evitarlo. ¡ESTORNUDÉ!

12

Me descubrieron.

Era *imposible* que no me hubieran oído.

Porque no fue un pequeño estornudo. Si hay algo que nunca he sido capaz de aprender es a estornudar en silencio.

Tragué saliva y aguanté la respiración. Me quedé quieto, con un pie en un escalón y el otro en el siguiente.

Me quedé petrificado, con todos los músculos tensos y los ojos cerrados. Y esperé a que me llamara.

Pero nada.

Lo único que oí fue la voz melosa de mi maestra.

—¿Se me ha resfriado uno de ustedes? —dijo la Sra. H.

Dejé escapar el aire de los pulmones lentamente. ¡Creyó que el estornudo procedía de una de sus bestias!

Me di media vuelta para ver lo que sucedía. A través de la puerta pude ver a la Sra. Hardesty acercarse a un refrigerador que había en la pared del fondo.

—¿Tienen hambre, chiquitines? ¿Están listos para el almuerzo? —preguntó la maestra.

Al abrir la puerta del refrigerador todos los animales se emocionaron. Empezaron a bufar y a dar saltos. Dos de ellos comenzaron a darse cabezazos. El impacto producía un chasquido poco natural. *¡Plach!*

La Sra. Hardesty abrió el refrigerador y se asomó adentro. Sacó dos enormes trozos de carne cruda y los arrojó al aire. Los pedazos cayeron al suelo y los monstruos se lanzaron con avidez por su ración de comida.

Luchaban entre sí por los trozos más grandes dándose cabezazos, empujándose y poniéndose zancadillas unos a otros.

El ruido carnoso de sus cuerpos se confundía con el sonido gutural de sus bocas tragándose la comida entera y sin masticar. Luego alzaban la cabeza, abrían la boca y soltaban unos eructos interminables de dos o tres minutos.

La Sra. Hardesty se hizo a un lado para contemplar cómo las bestias devoraban la carne. Se quedó mirándolos con los brazos cruzados y una sonrisa de satisfacción. Aunque resulte difícil creerlo, ¡ella pensaba que aquellos espantosos seres eran lindos!

Al cabo de unos minutos toda la carne había desaparecido. El último monstruo en comer dejó escapar un ensordecedor eructo. Y luego hubo silencio.

La Sra. Hardesty dio un paso al frente.

—Muy bien, chiquitines —dijo—, presten atención. Quiero que sigan poniendo huevos.

Los animales se la quedaron mirando como si entendieran lo que decía. Uno de ellos, bajito y rechoncho, vomitó su trozo de carne sobre el suelo. Luego se agachó y se lo volvió a comer.

—¡Quiero más huevos! —insistió la Sra. H—. Cuantos más huevos pongan, más crías nacerán. Reservaré algunos para el almuerzo de mis estudiantes. ¡Luego se los daremos a toda la ciudad! Y entonces gritaremos todos juntos: ¡Monstruos al poder! ¡Monstruos al poder! ¡Monstruos al poder!

Los monstruos respondieron a ese cántico moviendo sus cabezas en señal de aprobación. Estaban como poseídos. Hicieron una especie de danza de la guerra. Algunos estaban tan emocionados que se peleaban entre sí.

—¡El comandante estará muy orgulloso de ustedes! —gritó la Sra. Hardesty alzando un puño al aire—. ¡Vamos a invadir este planeta, como que me llamo Hyborg-Xxruz!

Los monstruos estaban enloquecidos. Rugían y saltaban sin parar.

—¡Vaya, vaya! —susurré.

La Sra. Hardesty no era realmente la Sra. Hardesty. Tenía un extraño nombre alienígena... ¡porque era una extraterrestre!

Una extraterrestre que había llegado para deshacerse de los humanos y apoderarse de la Tierra.

Me di la vuelta y subí por las escaleras del sótano. Los monstruos estaban armando tal alboroto que a la Sra. Hardesty le hubiera sido imposible oírme.

Las piernas me flaqueaban y el corazón me latía con fuerza.

Pero no me detuve. Salí disparado por la puerta trasera y seguí corriendo sin parar.

Tenía que contárselo a todos. Tenía que advertir a la ciudad entera de que todos estábamos en peligro.

Crucé la calle y oí una bocina y un frenazo estridente. Ni siquiera me había detenido a mirar si venía algún auto. Oí al conductor gritándome algo, pero no me detuve.

Las casas y los jardines se veían borrosos. Corrí hasta mi casa sin parar. El cántico de la Sra. Hardesty se repetía una y otra vez en mi cabeza: ¡Monstruos al poder! ¡Monstruos al poder! ¡Monstruos al poder!

"De eso nada", me dije a mí mismo.

Entré en mi casa por la puerta trasera. Mis padres estaban parados en la cocina. Mi papá estaba cortando cebollas en la mesa y tenía la cara roja y las mejillas llenas de lágrimas. Mi mamá revolvía un guiso ante el fogón con una cuchara de madera.

Al verme entrar se voltearon hacia mí.

—Michael, ¿se puede saber dónde te habías metido? —preguntó papá secándose las lágrimas con la manga de la camisa.

Yo estaba tan sofocado que apenas podía hablar.

—He estado en casa de la Sra. Hardesty —alcancé a decir—. ¡Mamá! ¡Papá! Tiene un criadero de monstruos en su casa. Los tiene encerrados en el sótano. ¡Quiere transformar a todos los habitantes de la ciudad en monstruos!

Mi papá dejó la cebolla en la tabla de cortar y me miró parpadeando.

—Eso es gravísimo, Michael —dijo—. Vamos a llamar a la policía para que la detengan inmediatamente.

13

Una lágrima le resbaló por la mejilla y luego rompió a reír.

Mi mamá me miró y soltó una carcajada.

Me quedé allí respirando con dificultad. Las piernas me temblaban. Apreté los dientes y me quedé mirando cómo se reían de mí.

—Michael, ya sabemos que no te cae bien tu maestra —acabó diciendo mamá—. Y sí, estoy de acuerdo en que es un poquito... especial.

—Pero eso no significa que tengas que inventar historias absurdas sobre ella —dijo papá.

Mi mamá me dio un golpecito en la cabeza con su cucharón de madera.

—Qué imaginación —dijo.

—¿Por qué no te sientas delante de tu computadora y escribes un cuento? —dijo papá—. A lo mejor acabas convirtiéndote en un escritor de ciencia ficción.

—¡Aaaaaaaaaarg! —grité desesperado—. ¡No es una historia de ciencia ficción! —grité—. Les estoy contando la verdad.

Estaba empezando a enfadarme de verdad. Lo veía venir. Estuve a punto de quitarle la cuchara de la mano a mamá y arrojarla por la ventana.

Apreté los puños y salí de la cocina enfurecido.

Seguro que ver a esos repugnantes monstruos y a la Sra. Hardesty gobernar el mundo no les parecería tan divertido. ¿Verdad?

Arrojé mi mochila sobre la cama y empecé a dar vueltas por mi habitación.

¿Quién me creería?

¿Me creerían DeWayne y Daisy? Posiblemente. Pero daba lo mismo. Ellos no podían ayudarme.

Tenía que encontrar a alguien capaz de detener a la Sra. Hardesty.

¿El Sr. Wong? Quizá. ¿La policía municipal? Quizá. ¿La unidad de la Guardia Nacional en la que está alistado mi primo Brad? Quizá.

Lo malo es que nadie creería... a menos que tuviera pruebas.

Golpeé la frente contra la pared. Cuando fui a casa de la Sra. Hardesty, tuve mi celular en el bolsillo en todo momento. ¿Por qué no saqué fotografías? ¿Por qué?

Al menos sabía lo que tenía que hacer. Tenía que regresar una vez más a la casa de la Sra. Hardesty y conseguir pruebas fotográficas de su terrible complot. Y así a la gente no le quedaría más remedio que creerme.

Sentí un escalofrío.

No me quedaba otra alternativa. Yo era la única persona del mundo entero que conocía los planes de la Sra. Hardesty y compañía. Yo y solo yo podría detenerla.

Me senté delante de mi computadora. Busqué a Daisy y a DeWayne en el chat y les pedí que volvieran conmigo a casa de la Sra. H. Les dije que era muy urgente.

Los dos se negaron.

DeWayne escribió:

ME PARECE UNA PÉSIMA IDEA. JAMÁS ME ACER-CARÉ A UNA CUADRA DE SU CASA.

Daisy escribió un mensaje muy corto:

SOY ALÉRGICA A LOS HUEVOS GIGANTES. LO SIENTO.

"De acuerdo. Comprendido. Estoy solo y ya —pensé—. Puedo hacerlo. Por algo me llaman Monstruo".

El sábado por la mañana probé la cámara de mi celular. A la hora del desayuno saqué varias fotografías de mis padres para comprobar que funcionaba. Luego metí el celular con cuidado en el bolsillo de mis pantalones.

Mis padres se fueron a toda prisa a jugar su partido de golf matinal.

Y yo salí a toda prisa a salvar al mundo de una invasión alienígena.

El auto de la Sra. Hardesty no estaba estacionado en su casa. ¿Se habría marchado?

Di varias vueltas alrededor de la casa para asegurarme de que no estaba.

Nada. Ningún movimiento.

Me acerqué sigilosamente y me asomé por la ventana que daba a la sala. Había un periódico doblado sobre el sofá y una taza de café en la mesita de al lado.

Ni rastro de la Sra. Hardesty.

Crucé los dedos. Quizá estuviera comprando carne. Parecía el momento perfecto para colarme en su sótano, sacar un montón de fotografías y largarme.

Quizá.

Corrí hacia la puerta trasera y me asomé por la ventana.

—¡OH! —dije, y me agaché de golpe.

Había un monstruo verde de pie en medio de la cocina... ¡mirándome fijamente!

14

Me quedé acurrucado debajo de la ventana, hecho una pelota. Esperé a que el monstruo asomara la cabeza por la ventana o que viniera corriendo por el otro lado para atraparme.

Pero nada.

Después de un minuto, más o menos, determiné que no me había visto. Así que respiré hondo y me paré lentamente para mirar de nuevo por la ventana.

El monstruo estaba delante del fogón de la cocina. Tenía una espátula larga agarrada con una de sus garras y le daba vueltas a algo en una gran sartén.

¿Serían huevos?

Miré detenidamente y lo confirmé. Estaba cocinando unos huevos.

El monstruo se volteó. Aproveché que me estaba dando la espalda para alzarme un poco más.

¿Cómo habría logrado escapar del sótano?

¿Y cómo era posible que supiera cocinar?

Se me cruzaban mil preguntas por la mente, pero no era momento de pensar, sino de actuar. Así que saqué el celular del bolsillo, lo alcé hasta la ventana y enfoqué.

¡Aah! No había luz suficiente.

Apagué el teléfono y lo guardé otra vez. Pegué la nariz a la ventana y me quedé mirando cómo el monstruo revolvía los huevos con la espátula.

Luego levantó su otra garra, la metió en la sartén y se llevó un trozo de huevo a la boca. Se puso de perfil. Y vi lo que parecía una sonrisa en la comisura de sus labios.

Se tragó la comida casi sin masticar.

Y entonces el monstruo empezó a cambiar. Su silueta entera tembló y se encogió. Vi cómo su cabeza se reducía y cambiaba de reptil... ¡a humana!

Al cabo de varios segundos, ¡el monstruo se había transformado en la Sra. Hardesty!

Di un respingo tal, que estuve a punto de golpearme la cabeza contra la ventana.

¡La Sra. Hardesty también era un monstruo!

Los huevos le hicieron adoptar forma humana.

Una sola fotografía de aquello me hubiera bastado.

Si DeWayne y Daisy me hubieran acompañado tendría testigos.

Vi a la Sra. Hardesty meter la mano en la sartén y llevarse otro trozo de huevo a la boca. Y en unos pocos segundos... ¡volvió a transformarse en monstruo!

Otro bocado. Y volvió a ser la Sra. Hardesty.

No podía creer lo que veían mis ojos, pero estaba claro que aquellos huevos tenían un poder increíble. Podían transformarte de monstruo a persona y de persona a monstruo en unos segundos.

—Nadie creerá esto —murmuré.

Y lo peor era que la Sra. Hardesty pretendía llevar estos huevos a la escuela y dárselos de comer a todo el mundo.

Volví a agacharme. Me senté con la espalda contra la pared tratando de pensar. Tratando de hacer un plan.

¿Cómo me las iba a arreglar para fotografiar todo aquello sin que me vieran?

E incluso si lograba sacar fotos, ¿demostraría con ellas el poder de los huevos?

Sacudí la cabeza tratando de pensar con claridad.

En ese momento, la puerta de atrás se abrió y la Sra. Hardesty salió.

—¡Michael! —gritó—. Me pareció haberte visto por la ventana. ¿Se puede saber qué haces aquí?

15

Me paré sin saber qué decir.

—Estooo, yooo... —dije.

El pánico me impedía pensar.

Ella me miraba con la espátula en la mano.

—Es queee... necesito ayuda —dije torpemente—. Con mi proyecto... Y pensé que a lo mejor me podía ayudar.

—¿Un sábado por la mañana? —preguntó—. Es demasiado temprano.

—Tiene razón —dije—. ¿En qué estaría pensando?

Empecé a retroceder.

—Vamos, Michael —dijo la Sra. Hardesty—. ¿Por qué tienes tanta prisa? Has llegado justo a tiempo. Quiero que pruebes mi tortilla especial.

—¿Qué? —dije.

¡Ni loco!

Estuve a punto de decirle, "¡Que se los coma tu tía! ¡He visto sus efectos!", pero logré contenerme.

73

—Entra, Michael —dijo mi maestra sujetando la puerta.

—No puedo —respondí—. Voy a llegar tarde a... a... a algo.

¡Puf! ¡Qué mala excusa!

—Solo será un segundo —dijo la Sra. Hardesty—. Es una receta nueva. Y vas a ser el primero en probarla.

"No la probaré. He visto sus efectos".

—Esto... creo que tengo alergia a los huevos —dije.

—A estos huevos seguro que no —dijo—. Estos huevos son especiales.

De pronto, se puso muy seria.

—Michael, ven aquí ahora mismo —dijo.

Antes de que pudiera darme cuenta, ya estaba sentado en la cocina.

Noté la intensidad de su mirada mientras me ponía delante un plato enorme de huevos.

—No sabes cómo me alegra que hayas pasado por aquí —dijo.

Tragué saliva y me quedé mirando los huevos. No olían a huevos normales. Olían a fertilizante y a heno. Ya sabes, a lo que huele una granja en verano.

—Lo siento, pero no puedo. He desayunado muchísimo —dije, y empecé a levantarme.

Pero la Sra. Hardesty se inclinó sobre mí. Agarró un tenedor, pinchó un trozo de huevo y me lo metió en la boca.

—Come, Michael —dijo tan cerca de mí que podía sentir su aliento en la oreja—. ¿Verdad que están ricos?

No quería tragarme aquello. Pero el huevo se deslizó por la garganta. Sabía a tiza. Estaba muy seco.

El corazón me latía rápidamente en el pecho. Sentí un cosquilleo en las orejas.

La Sra. Hardesty me metió otro tenedor lleno de huevo en la boca.

Estaba aterrorizado y enfurecido al mismo tiempo. Intentó meterme otra porción en la boca, pero aparté el tenedor de un manotazo y el huevo revuelto se desperdigó por encima de la mesa.

"Demasiado tarde. Demasiado tarde".

Sentí una sensación extrañísima. Primero, un fuerte hormigueo por todo el cuerpo. Luego la piel se me empezó a endurecer y empecé a temblar.

—Me has estado dando mucha guerra, Michael —dijo la Sra. Hardesty en voz baja.

Dio un paso atrás y me miró emocionada.

—Me has dado demasiada guerra —susurró—. Pero a partir de ahora creo que nos vamos a llevar muy bien.

"¡Noooo!"

Eso fue lo que quise decir, pero solo alcancé a gruñir algo incomprensible.

Sentí cómo se encogían mis brazos y vi que mis manos se empotraban en mis muñecas. Alcé las manos... y rugí. Tenía la piel verde y llena de escamas. Las manos se me habían transformado en garras.

Sentí un retortijón en el estómago. Quise gritar, pero solo me salían sonidos guturales. Noté cómo me cambiaba la cara. Al tocármela me arañé el hocico con la garra derecha. Una viscosa lengua de serpiente me salió de entre los dientes.

Me aparté de la mesa de la cocina de un salto y noté cómo se me caía toda la ropa. La silla salió disparada hacia atrás.

Quise huir, pero tropecé con mis propios pantalones. Me quedé jadeando, encerrado en un cuerpo de reptil.

"¡Soy un MONSTRUO! —pensé—. Solo he comido dos bocados... ¡y soy un MONSTRUO!"

Di varios pasos hacia atrás con mis cortas patas de lagarto. Me sentía fatal. No podía parar de meter y sacar la lengua. Todo a mi alrededor estaba borroso. ¡Y en blanco y negro!

La Sra. Hardesty echó la cabeza hacia atrás y soltó una carcajada.

—Ahora sí que estás guapo, Michael —dijo mientras me daba un manotazo en mi espalda verde y rugosa.

—Unnn. Unnn.

¡No podía articular palabras!

—Ahora eres mi chiquitín —dijo la Sra. Hardesty—. Y te tendré en un lugar seguro con otros bebitos como tú. Qué divertido, ¿verdad?

Me agarró por el hombro y me obligó a bajar las escaleras que daban al sótano. Sin soltarme ni un instante, abrió la puerta con la llave y me empujó hacia el interior de la habitación con los demás monstruos.

—Hasta lueguito, chiquitines míos —dijo con su irritante voz maternal—. Mami va a ir a comprar la cena. El lunes voy a preparar una gran tortilla... lo suficientemente grande para dar de comer a toda la escuela.

Volvió a reírse.

—¿Quién dijo que los maestros no sabemos divertirnos? —bromeó.

Cerró de un portazo. Y oí cómo pasaba la llave. *Clic clac.*

Me aparté de la puerta y miré a mi alrededor. ¿Habría alguna ventana por donde escapar? ¿Alguna otra puerta?

Tenía que salir de allí cuanto antes y prevenir a todo el mundo. La maestra estaba planeando convertir la escuela en una jauría de monstruos. ¡Y lo iba a hacer el lunes!

Cerré los ojos para pensar con calma. La cosa estaba fea porque aunque lograse escapar no podría advertir a nadie. ¡Ni siquiera podía hablar! E incluso si pudiera, ¿quién iba a hacerle caso a un monstruo verde con escamas?

Al abrir los ojos me llevé una sorpresa. Los demás monstruos se habían puesto en fila.

Estaban todos alineados, mirándome fijamente y en silencio.

Solo se oía el sonido viscoso de sus lenguas de serpiente.

Bajaron la cabeza, abrieron las mandíbulas y me miraron dejando escapar un inquietante rugido.

La situación iba de mal en peor.

No necesitaba más pistas. Evidentemente no les agradaba mi presencia.

"No se enojen, ahora soy uno de ustedes", quise decir, pero de mi boca solo salió un sonido incomprensible.

Retrocedí lentamente hacia la puerta. Y ellos avanzaron hacia mí.

Reptaron por el suelo y empezaron a rodearme.

Levanté las garras como diciendo, "Me rindo".

No sirvió de nada. El círculo se estrechaba cada vez más.

Más... y más...

Estaba encerrado en el centro. Sin escapatoria.

Sus rugidos eran cada vez más fuertes. ¿Y esos golpes secos?

Sus mandíbulas lanzaban dentelladas al aire.

Apreté los dientes. Aguanté la respiración. Y me saltaron encima...

16

Me tiré al suelo boca abajo para esquivarlos.

Cuál no sería mi sorpresa al oír el cerrojo y ver la puerta abrirse de golpe.

El movimiento repentino hizo retroceder a los monstruos.

Daisy y DeWayne asomaron la cabeza en la habitación.

—¿Michael? ¿Estás ahí? —dijo Daisy—. Te hemos estado buscando por todas partes.

Al ver el panorama se quedaron callados. Petrificados. Luego lanzaron un grito de terror.

¡Qué alegría verlos allí! ¡Mis salvadores!

Alcé los brazos y corrí hacia ellos. Pero fue una mala idea.

Volvieron a gritar.

¿Qué harías tú si vieras un monstruo de seis pies corriendo hacia ti?

DeWayne echó un brazo hacia atrás y me dio un puñetazo en el hocico.

El golpe me hizo retroceder. Sentí un dolor intenso en todo el cuerpo y caí de rodillas.

Daisy y DeWayne me miraron.

Esperé a que la habitación dejara de girar.

Los demás monstruos empezaron a resoplar y a dar saltos. Estaban muy alborotados.

—Soy yo, Michael —les dije a Daisy y DeWayne, o eso fue lo que quise decir porque lo que salió de mi boca fue otro gruñido.

¿Qué podría hacer para que me comprendieran?

¿Cómo podría demostrarles que aquel monstruo era realmente Michael Munroe?

Sabía que solo disponía de unos segundos. Mis dos aterrorizados amigos habían empezado a retroceder hacia la puerta. Si lograban salir y la cerraban con llave, quedaría atrapado de nuevo. Y nadie sería capaz de frustrar el complot de la Sra. Hardesty.

¿Qué podía hacer?

Vi algo brillante en el suelo junto a la puerta. Lo miré fijamente. Era algo plateado.

Enseguida me di cuenta de que era mi silbato para perros.

¡Eso fue lo que se me cayó del bolsillo cuando bajamos al sótano con el gato!

Me levanté, me acerqué al silbato lentamente y lo recogí del suelo.

"Por favor —pensé—. ¡Por favor, que Daisy y DeWayne se den cuenta de que soy yo!"

Tomé aire, me llevé el silbato a la boca y empecé a soplar.

Luego lo agité para que lo vieran bien. Y volví a soplar una vez más.

"¡Por favor! ¡Por favor!"

17

Agité el silbato para que lo vieran. ¿Lo reconocerían? Volví a soplar.

Daisy y DeWayne seguían retrocediendo. Me miraban confudidos.

Volví a soplar con todas mis fuerzas.

Para mi sorpresa, los demás monstruos empezaron a chillar. Luego empezaron a retorcerse en el suelo tratando de taparse los oídos.

Todos los monstruos, sin excepción, empezaron a temblar.

"Vaya —pensé—. Está claro que los sonidos agudos no les gustan".

A mí también me dolían los oídos, pero volví a soplar.

Los monstruos se aglomeraron en una esquina, temblando y gimiendo.

—¿Michael? ¿Eres Michael? —preguntó Daisy.

—¿Estás loca? —dijo DeWayne—. ¿Cómo va a ser Michael? ¡Es un monstruo con un silbato!

Lancé otro gruñido. Le mostré el silbato a Daisy, y luego me señalé a mí mismo con una de mis garras.

Lenguaje de señas. Recurrí desesperadamente al lenguaje de señas.

—¡Larguémonos de aquí! —dijo DeWayne—. Estos animales van a devorarnos.

Pero Daisy no me quitaba la mirada de encima.

—¿Michael? —dijo.

Asentí con la cabeza. Hice una reverencia. Volví a asentir con la cabeza. Y le volví a mostrar el silbato.

—¡Te hemos estado buscando por todas partes! —gritó Daisy. ¡Se había dado cuenta de que era yo!—. ¿Te ha hecho esto la Sra. Hardesty?

Volví a asentir.

DeWayne empezaba a comprender un poco. Señaló a los demás con el dedo.

—¿Todos esos han salido de huevos gigantes? —prenguntó.

Asentí.

Pero no quedaba más tiempo para preguntas. Sabía que la Sra. H regresaría de la tienda de un momento a otro.

Bajé la cabeza, me abrí paso entre mis dos amigos y salí corriendo escaleras arriba. Mis pisadas resonaban en los escalones de madera.

Daisy y DeWayne me siguieron hasta la cocina. Ni rastro de la Sra. Hardesty.

¿Y ahora qué?

Estaba libre. Había logrado salir del sótano. ¡Pero seguía siendo un monstruo!

Miré por la cocina. Vi mis pantalones y mi camiseta tirados en una esquina. Luego miré el fogón.

¡La tortilla!

¿Quedaría algo en la sartén?

Me abrí paso entre mis amigos y me acerqué al fogón.

—¿Michael? ¿Qué haces? —dijo Daisy.

Me quedé mirando la sartén. Solo quedaba un trocito amarillento. Un pedacito diminuto pegado en la sartén.

¿Sería suficiente para transformarme?

Bajé la cara hasta la sartén, saqué mi lengua bífida y envolví con ella el trocito de tortilla. Me lo metí en la boca y me lo tragué entero.

Sí. ¡Cambia, Michael! ¡¡¡Cambia!!!

Esperé. Y esperé...

Y no pasó nada.

18

No. Un momento.

Sentí un vuelco en el estómago. De pronto sentí como si el suelo se moviera, como si estuviera en un barco, y noté un calor repentino en la piel. Un calor intenso que parecía derretir todo mi cuerpo como un trozo de hielo en una sartén.

Miré hacia abajo. Aún tenía garras y conservaba mis verdes y escamosos brazos de lagarto.

¡Pero tenía piernas humanas! ¡Y pies! Di varios pisotones en el suelo. Sí, volvía a tener pies.

Me puse mi ropa, que seguía apilada en el suelo. Luego me acerqué al espejo. ¡Qué susto!

—¡Michael! —gritó Daisy—. ¡Has vuelto!

—Más o menos —dijo DeWayne.

No podía apartar la mirada del espejo.

Había recuperado mi cara... mi cabeza.

Pero tenía el pecho y el cuello de color verde y seguía teniendo brazos y garras de monstruo.

—¡No he comido suficientes huevos! —dije con

una voz gutural y áspera—. ¡Tengo que comer más huevos!

Corrí hacia el fogón. Rasqué la sartén con las garras. Aparte la sartén del fogón y le di media vuelta.

Nada. Ni una miga.

Me volteé y vi a mis dos amigos mirándome horrorizados.

—Michael, ¿qué te ha pasado? —gritó Daisy.

—Ya te lo explicaré —dije—. La Sra. Hardesty volverá en cualquier momento.

—Pero... es que... ¡aún eres mitad monstruo! —exclamó DeWayne.

Lo miré con resignación.

—Dime algo que no sepa —dije.

—Pero es que no entiendo —dijo Daisy meneando la cabeza—. ¿Eres un...?

—¡Daisy! —dije—. Luego te lo contare todo. Tenemos que buscar ayuda... ¡y tenemos que buscarla ya! La Sra. Hardesty también es un monstruo. Ella y su jefe han organizado un plan terrible. Quieren dar de comer estos huevos a toda la escuela. ¡Quieren transformar a toda la gente de la ciudad en monstruos!

Mis amigos me miraron con los ojos entornados.

—¿A toda la gente de la ciudad? —preguntó DeWayne.

Me dirigí a la puerta trasera.

—¿A quién podemos acudir? —pregunté—. ¿A quién?

—¿Y si se lo contamos al Sr. Wong? —propuso Daisy—. Vive al otro lado de la calle, ¿recuerdas?

—¡Eso! —gritó DeWayne—. Wong siempre dice que contemos con él si tenemos algún problema. Y está claro que tenemos un problema.

—¡Perfecto! ¡Estoy de acuerdo! —dije—. ¡Vamos para allá!

Agarré el picaporte con una garra y abrí la puerta de la cocina. Salimos a la luz radiante de la tarde. Un perro descansaba bajo el sol en un jardín. Varias ardillas echaron a correr en todas direcciones.

Corrimos al otro lado de la casa. El contenedor de basura seguía en el lote abandonado. Alguien había dejado una bicicleta sin ruedas recostada en el mismo.

Cruzamos el lote hacia el jardín del Sr. Wong. Tenía una sensación extraña en las piernas, como si no hubieran terminado de transformarse del todo.

De pronto creí oír unos gruñidos detrás de nosotros. Temí lo peor. Efectivamente. Al voltearme, vi una manada de monstruos que avanzaba hacia nosotros.

—¡Ay, no! —gritó DeWayne—. ¡Miren!

Los monstruos avanzaban en filas de dos y tres. Avanzaban con torpeza, deslumbrados por la luz.

¿Sería la primera vez que veían el sol?

—Dejamos la puerta del sótano abierta —dijo Daisy—. Nos están persiguiendo.

Los monstruos empezaron a rugir. Nos seguían mostrando sus afilados dientes. Algunos masticaban pedazos de hierba y tierra y nos los escupían.

—Son más rápidos que nosotros —susurró DeWayne.

Un pegote de lodo me dio en la espalda. Me lo sacudí.

—No importa —dije—. Ya estamos llegando a la casa del Sr. Wong. En cuanto vea estas criaturas tendrá que creernos. ¡Y llamará a la policía!

El Sr. Wong vivía en una casa pequeña de ladrillos rojos y cortavientos blancos en todas las ventanas. En la parte trasera tenía una antena satelital redonda y un huerto pequeño. Mientras me acercaba corriendo a la puerta principal casi me tropiezo con un rastrillo que estaba tirado en la hierba.

Entré al porche cubierto con mosquiteras de la casa. El Sr. Wong no estaba allí. Toqué el timbre.

Mientras esperábamos, los monstruos se empezaron a ubicar en formación de ataque sobre el césped. Abrían sus mandíbulas una y otra vez, como si quisieran transmitirnos lo que se disponían a hacer con nosotros. Nos miraban babeando y rechinando los dientes. Y arañaban el suelo con sus patas, como toros preparándose para una embestida.

Empezaron a acercarse poco a poco. Muy despacio.

Apreté el timbre frenéticamente mirando hacia atrás sin cesar. El director no acudía a la puerta.

—¡Por favor, TIENE que estar en casa! —dije—. Es una emergencia. ¡Y esos monstruos están muertos de HAMBRE!

De pronto, en lo más profundo de mi ser, sentí mi condición de monstruo.

Con mi enorme hombro le di un empujón a la puerta, y esta se rompió.

Pasé yo primero. En la sala del Sr. Wong no parecía haber nadie. Estaba oscura y silenciosa. Las cortinas estaban cerradas y las luces apagadas. Había un montón de libros de texto sobre la mesa.

Empecé a llamarlo. Vi una luz en la sala contigua. Oí voces. Me acerqué en silencio. En la sala, contra la pared, había un gran televisor de pantalla plana. Estaba puesta una película antigua en blanco y negro.

Me acerqué un poco más. Vi un sofá oscuro.

Y entonces...

Me detuve en el umbral de la sala donde estaba el televisor y me volteé hacia mis amigos.

—No creo que el Sr. Wong vaya a ser de mucha ayuda —susurré.

Me miraron sorprendidos.

—¿Por qué no? —preguntó Daisy.

Me corrí para que lo vieran con sus propios ojos: el Sr. Wong estaba sentado encima de un gigantesco huevo.

19

El director tenía los ojos cerrados, así que no pudo ver nuestra cara de asombro mientras lo observábamos desde el umbral.

Se había quitado la chaqueta del traje. Llevaba la corbata suelta. Y parecía disfrutar de un sueño muy profundo sentado sobre aquel huevo, con las manos sobre las piernas y la espalda apoyada en la pared.

El huevo era el doble de grande que el que vimos en el ático de la Sra. Hardesty.

—¡Vaya! —susurró DeWayne agitando la cabeza—. Él también está incubando huevos. ¿Lo puedes creer?

—Larguémonos de aquí —susurré.

Daisy, DeWayne y yo nos dimos media vuelta para salir, pero el camino estaba bloqueado.

Los monstruos nos habían seguido hasta el interior de la casa. Y allí estaban, abriendo y cerrando las mandíbulas, babeando, empujándose los unos a los otros para entrar en la pequeña sala.

Me quedé mirándolos horrorizado. Empezaron a acercarse y tuvimos que entrar nuevamente en la sala.

—Estamos atrapados —dijo Daisy—. No tenemos escapatoria.

—Nos van a APLASTAR —dijo DeWayne—. ¡Nos van a matar y nos van a DEVORAR!

Miré al Sr. Wong. ¿Por qué no se despertaba?

—Solo nos queda una opción. Tenemos que abrirnos paso a través de los monstruos —dije—. No hay más remedio.

Y entonces oímos que la puerta principal se cerró de un portazo. Poco después apareció la Sra. Hardesty. Llevaba una fuente rebosante de huevos revueltos.

La Sra. H entró muy sonriente. Pero su sonrisa se desvaneció en cuanto vio la sala llena de monstruos.

Se quedó pasmada. Casi se le cae la fuente de huevos.

Al verla, los monstruos se olvidaron de nosotros. Daisy, DeWayne y yo nos escondimos detrás de ellos. Saltaban y daban gritos de emoción, como un montón de aguiluchos hambrientos ante la llegada de su madre.

Pero la Sra. Hardesty no estaba para nada contenta.

—¿Cómo se escaparon? —gritó—. ¿Quién los soltó? ¡Comandante Xannx! ¡Despierte!

El Sr. Wong empezó a abrir los ojos.

—¡Comandante! ¿Se puede saber qué es esto? —gritó la Sra. Hardesty—. ¡Mis chiquitines! ¡Mis chiquitines se han escapado!

Daisy, DeWayne y yo nos miramos. ¡El famoso Comandante Xannx era el Sr. Wong!

—¡Mis chiquitines! ¡Mis chiquitines! —gritó la Sra. Hardesty—. ¿Cómo han llegado hasta aquí?

Daisy, DeWayne y yo nos agachamos un poco más, pero la Sra. Hardesty nos descubrió.

Su pálida cara se le oscureció de la ira.

—¡Ustedes! —gritó enfurecida—. ¡Ustedes, niños malvados! ¡Ustedes los han soltado!

Detrás de nosotros, el Sr. Wong terminó de despertarse.

—¿Qué está pasando aquí? —dijo—. ¿Hyborg? ¿Eres tú?

Sin soltar la fuente de huevos, la Sra. Hardesty señaló a sus monstruos.

—¡Ataquen a esos chicos! —ordenó con una voz ronca y profunda.

El corazón me dio un vuelco. Miré a mi alrededor. ¿Cómo podríamos escapar?

Teníamos al Sr. Wong por detrás y a la Sra. Hardesty y a los monstruos por delante.

La cosa no pintaba nada bien.

—¡Ataquen a esos chicos! —rugió la Sra. Hardesty—. ¡Protejan al Comandante! ¡Es una orden! ¡Ataquen!

Los monstruos echaron la cabeza hacia atrás y lanzaron un rugido. Toda la sala tembló.

Me sentí frágil. Atrapado. Resignado a mi suerte.

Con los ojos inyectados de sangre, los monstruos se lanzaron sobre nosotros.

20

Sentí que algo me estallaba en el pecho. ¿Sería miedo? ¿Ira?

No tenía tiempo para reflexionar. Lo único que sabía era que no me iba a quedar de brazos cruzados para que la Sra. Hardesty y sus monstruos nos aniquilaran.

Seguía siendo mitad humano. Y cuando los monstruos se abalanzaron sobre nosotros, dejé escapar la bestia que tenía dentro.

—¡Me llaman MONSTRUO! —grité—. ¡Y soy un monstruo!

Me volteé dando un grito sobrehumano y clavé mis garras en el cascarón del huevo gigante.

El Sr. Wong gritó, y al ver que el huevo se resquebrajaba, alzó los brazos al aire.

El chasquido de la cáscara hizo enmudecer a los monstruos. Miré el huevo. Y vi cómo la grieta se extendía de arriba a abajo.

Y luego, tras otro sonoro *CRAAAAC*, la parte superior se rompió.

El Sr. Wong volvió a gritar, pero antes de que pudiera darse cuenta... ¡cayó dentro del huevo!

Fue una caída estrepitosa. El director se afanaba por salir del huevo. Dio una patada a un trocito de cascarón que fue a parar a la alfombra.

Vi cómo se le hundía la cabeza en la yema amarillenta. Salió otra vez a flote, atragantado y soltando escupitajos. Se volvió a hundir y, luego, logró sacar la cara a la superficie una vez más.

—¡No sé nadar! —gritó—. ¡Sáquenme de aquí! ¡No sé nadar! ¡Hyborg-Xxruz, ayúdame!

—¡Enseguida, mi Comandante! —gritó la Sra. H, y salió corriendo hacia el huevo.

Pero la ira monstruosa seguía corriendo por mis venas. Agarré a la Sra. Hardesty, o como quiera que se llamara, y la levanté en vilo sobre mi cabeza.

La mantuve allí arriba durante unos instantes... ¡y la arrojé a lo alto del huevo!

Cayó de lleno en el líquido y se quedó chapoteando con el Sr. Wong. Trepaban uno sobre otro, retorciéndose, soltando patadas y escupitajos; hundiéndose en la yema y saliendo a flote una y otra vez.

Los dos abrieron la boca para gritar y tragaron una bocanada de yema.

Mis amigos y yo vimos cómo empezaban a transformarse. La piel se les puso verde. Su cabezas humanas se transformaron en cabezas de monstruo. Vimos cómo sus cuerpos se inflaban y se retorcían.

Se transformaron en dos monstruos verdes, que en vez de ayudarse empezaron a darse zarpazos y a morderse lanzando bestiales rugidos. Luego se hundieron en el fondo del huevo.

Daisy, DeWayne y yo nos quedamos mirando... esperando...

No salieron a la superficie.

¡Menos mal!

Suspiré aliviado. Aquellos malvados extraterrestres habían sido derrotados... gracias a mí, Monstruo Munroe.

Daisy y DeWayne levantaron los pulgares en señal de victoria.

Pero no había tiempo para celebraciones.

Los demás monstruos se quedaron mirando el huevo fijamente, como esperando a que sus amos salieran.

Finalmente, alzaron la cabeza y lanzaron un terrible rugido, todos a la vez. Empezaron a abrir y cerrar sus mandíbulas con los ojos inyectados en sangre. Y comenzaron a acercarse a nosotros llenos de furia.

Tragué saliva y pensé: "No puedo vencerlos a todos... ¡O A LO MEJOR SÍ!"

21

Me paré firme y alcé las garras. Apreté los dientes y me preparé para el combate.

Pero no hizo falta.

Los monstruos habían perdido el interés en mí y en mis amigos.

Se tiraron de cabeza hacia la bandeja de huevos revueltos que estaba en el suelo. Se la disputaron entre rugidos y empujones y empezaron a devorarlos produciendo sonidos guturales.

Daisy, DeWayne y yo nos quedamos quietos. Yo seguía en guardia con las garras levantadas y aguantando la respiración.

Contemplamos aquel festín en un estado de tensión absoluta. Varios segundos después sus cuerpos empezaron a transformarse. Su piel verdosa palideciö. Luego se puso amarilla y poco después empezó a burbujear.

—¡Se están convirtiendo en líquido! —gritó DeWayne.

Sí, tenía razón. Sus huesos empezaron a encogerse. Sus cabezas se ablandaron y sus cuerpos acabaron derretidos sobre el suelo.

Al cabo de varios segundos, los monstruos se transformaron en charcos amarillentos sobre la alfombra.

Comprendí perfectamente lo que había pasado.

—Los huevos te devuelven a tu estado anterior —dije—. Y el estado anterior de los monstruos era yema de huevo.

—¡Hemos ganado! —gritó Daisy emocionada—. Los hemos vencido.

Quise chocar su mano, pero no pude. Había olvidado que seguía teniendo garras de monstruo.

—Aún me queda una cosa por hacer —dije.

Miré el huevo gigante. La cáscara rota estaba embadurnada de yema. Sin pensarlo dos veces le di una lamida.

Puaj. Sabía realmente asquerosa. Como leche cortada con grumos. Estuve a punto de vomitar, pero me la tragué.

Luego me miré las garras... y esperé.

¡Sí!

Al cabo de unos segundos mis brazos se alargaron. Recuperé las manos y la piel regresó a su color original.

—¡Soy humano otra vez! —grité dando saltos de alegría—. ¡Soy cien por ciento humano! ¡No quiero que nadie vuelva a llamarme monstruo nunca más!

Nos dirigimos a la puerta esquivando los charcos de yema.

—¡Es increíble! —dijo Daisy—. ¡Acabamos de salvar al mundo de una invasión de malvados alienígenas!

—Sí, pero nadie nos creerá —dije.

DeWayne me detuvo en la puerta.

—Claro que sí —dijo mostrando su teléfono celular—. Tengo pruebas. He estado tomando fotos sin parar. Tengo a la Sra. Hardesty, al Sr. Wong... Lo tengo todo aquí en mi teléfono.

—¿De verdad? —grité, y le di un manotazo en la espalda—. ¡Qué chévere! ¡Déjame ver!

Le quité el teléfono de la mano y lo abrí. Empecé a mirar sus fotografías. Lo único que se veían eran pies y tenis. Los tenis de DeWayne foto tras foto.

Le devolví el teléfono.

—DeWayne, ¿cuántas veces has usado la cámara de este teléfono? —pregunté.

—Nunca. Acabo de estrenar el teléfono.

Miró las fotos y negó con la cabeza.

—Pues no, parece que no tenemos pruebas... —dijo.

—¡Michael, nunca te había visto comer así! —exclamó mi mamá durante la cena—. Ten cuidado. No te vayas a comer el mantel.

Mi papá soltó una carcajada.

—Me gusta que llegues a casa con apetito —dijo—. ¿Estuviste muy ocupado?

—Pues sí, bastante —respondí.

Por supuesto que no mencioné nada sobre el Comandante Xannx o sobre Hyborg-Xxruz o sobre los monstruos. Tampoco sobre el hecho de haber salvado el mundo de un ataque alienígena. No tenía ninguna prueba.

—¿Qué hay de postre? —pregunté.

Mi mamá había cortado unos generosos pedazos de pastel para nosotros tres. Agarré el tenedor y me llevé un pedazo de pastel a la boca.

Creo que nunca había tenido tanta hambre en mi vida. ¡Y este pastel estaba estupendo! Los tres estuvimos comiendo en silencio durante un rato.

—¿Verdad que está rico? —dijo mi mamá—. Me lo trajo la Sra. Hardesty ayer por la tarde.

—¿Qué? —quise hablar, pero tenía la boca llena de pastel.

—Qué detalle más lindo que nos haya traído el postre, ¿verdad? —comentó—. ¡Me dijo que lo había preparado con unos huevos especiales!

BIENVENIDO A HORROLANDIA

BOLETO DE ENTRADA

¡DONDE LAS PESADILLAS SE HACEN REALIDAD!

LA HISTORIA HASTA AQUÍ...

Varios niños han recibido unas misteriosas invitaciones a HorrorLandia, un conocido parque temático de miedo y diversión. A cada "invitado superespecial" se le garantiza una semana de terroríficas diversiones... pero los sustos empiezan a ser DEMASIADO reales cuando Slappy, la momia malvada, el Dr. Maníaco y otros villanos empiezan a aparecer.

Dos chicas, Britney Crosby y Molly Molloy, han desaparecido en una cafetería que tiene una pared cubierta de espejos. Los demás invitados superespeciales las buscan desesperadamente. Los guías del parque, llamados horrores, no han sido muy útiles que digamos.

Ninguno, excepto Byron, que les dijo a los chicos que estaban en peligro y que debían escapar de HorrorLandia. También les dio unas fichas que resultaron ser dispositivos de seguimiento.

¿Trataba realmente de ayudarlos? Los chicos se dieron cuenta y regalaron las fichas.

Byron también les dijo que se reunieran en el Granero de los Murciélagos para explicarles lo que sucedía. Pero luego no apareció. Y los chicos empezaron a ser atacados por murciélagos. Se suponía que el Granero de los Murciélagos iba a ser una atracción divertida. ¡Pero aquellos murciélagos eran REALES!

Michael Munroe había llegado al parque el día anterior. Y ahora se encontraba con el resto de los invitados superespeciales en una terrorífica batalla. Michael continúa el relato...

104

1

Una bandada de murciélagos de ojos brillantes revoloteaba sobre nosotros. Empezaron a lanzarse en picado. Me agaché justo a tiempo para evitar a uno de ellos, que se elevó de nuevo hacia las vigas del granero.

Los chicos gritaban y se tapaban el rostro con las manos. Yo repelía los ataques agitando los brazos. Vi uno en el hombro de una chica y lo arrojé contra el suelo de un manotazo.

—¡Estos murciélagos son REALES! —gritó alguien.

—¡Se supone que todo esto es una BROMA! —exclamó un chico.

Una criatura carnosa se me estampó contra el pecho. Sentí sus alas aletear con furia y sus afiladas garras atravesándome la camiseta. Agarré al murciélago con las dos manos y lo lancé al aire.

Vi a Abby Martin, mi nueva amiga, paralizada, cubriéndose la cara con las manos. Tenía un murciélago en la cabeza tirándole del pelo mientras ella gritaba de terror. Di un salto y se lo quité de un manotazo.

Era mi segundo día de invitado superespecial en HorrorLandia. Y esto no tenía nada que ver con lo que había imaginado.

¿Dónde se había metido Byron, nuestro supuesto aliado de cuernos amarillos? Se suponía que debía estar aquí esperándonos.

No teníamos tiempo para pensar en él. Aquellos murciélagos de ojos de zafiro querían sangre.

El granero era un espacio grande y oscuro. Las puertas se habían cerrado detrás de nosotros. La única luz entraba por un pequeño ventanuco en lo más alto del tejado.

En aquella oscuridad, tenía la sensación de que *miles* de alas revoloteaban a nuestro alrededor. Miles de estridentes murciélagos se precipitaban sobre nosotros, rasgándonos la ropa, arañándonos la piel y mordisqueándonos el cuerpo.

Abby volvió a gritar. Avancé hacia ella y me tropecé con un montón de paja. Fue entonces cuando se me ocurrió una idea. ¿Sería capaz de detener este ataque?

Los muchachos de mi barrio me llaman Monstruo. Y, créeme, sé todo sobre los monstruos. Al fin y al cabo, ¡fui un monstruo! Si no fuera porque llevé a mis padres a la casa del Sr. Wong, los tres seguiríamos siendo monstruos. ¡Eso sí que fue suerte! Encontramos una cantidad suficiente de esa viscosa yema de huevo para transformarnos de nuevo en humanos.

Es una larga historia. Pero desde entonces siempre llevo conmigo mi silbato de la suerte. Lo saqué del bolsillo y me lo llevé a la boca.

¿Me serviría ahora?

Soplé con todas mis fuerzas y el griterío de los murciélagos cesó de inmediato. Un silencio extraño se apoderó del granero.

Era como si los murciélagos hubiesen quedado petrificados en pleno vuelo. Dejó de oírse su furioso aleteo y luego volaron a posarse en las vigas.

Y no regresaron.

Los demás chicos estaban parpadeando, temblando y mirando a su alrededor en un estado de confusión absoluta. Carly Beth y Sabrina estaban de rodillas sobre la paja. Robby seguía agitando los brazos. Aunque los murciélagos habían desaparecido, él seguía ahuyentándolos.

Matt se me acercó.

—¡Eh, Michael! —dijo—. ¿Qué has hecho? ¿Cómo has conseguido que los murciélagos se detengan?

Le mostré mi silbato.

—Tenía esto en el bolsillo —dije—. Se me ocurrió usarlo. Supongo que el sonido los asusta o los confunde.

—Bien hecho, Michael —dijo Abby mientras se alisaba su cabello negro con las manos temblorosas. Me dio una palmada en la mano—. ¡Qué susto!

Billy Deep y su hermana Sheena se quedaron mirando las vigas.

—Aún siguen allí —susurró Sheena—. ¿Creen que atacarán de nuevo?

—Larguémonos de aquí —dijo Matt.

Se abrió paso entre nosotros y se dirigió hacia las puertas del granero. Abrió una de las puertas de un empujón dejando entrar un haz de luz.

Lo seguimos hacia un pequeño prado.

—¿Dónde está Byron? —preguntó Sabrina mirando a su alrededor—. Se suponía que debía estar aquí.

—A lo mejor no pudo venir —dijo Robby.

—¿Y si todo esto ha sido una trampa organizada por Byron? —pregunté apretando el silbato en la palma de la mano. Aún sentía en la piel las afiladas garras de los murciélagos.

—¿Quieres decir que él sabía de antemano que nos atacarían los murciélagos? —preguntó Abby.

—¡Qué va! —respondió Matt, negando con la cabeza—. Byron es nuestro único aliado en este lugar.

—Matt tiene razón —dijo Billy—. Es el único horror que nos ha dicho la verdad. Fue Byron quien nos advirtió que todos habíamos sido invitados por una razón, y nos dijo que todos estábamos en peligro.

—Es cierto pero, ¿no fue también Byron quien nos dio las fichas? —insistí—. ¿Y no descubrimos acaso que esas fichas eran dispositivos de seguimiento? Está claro que quería espiarnos. —Señalé el granero—. ¡Y encima nos envía a todos aquí para que nos devoren esos murciélagos!

—No acuses a Byron —dijo Matt entrecerrando los ojos.

Empecé a perder la paciencia.

—¡Lo siento por ti si Byron es tu héroe, pero yo acusaré a quien me dé la gana! —respondí enojado.

Matt apretó los puños. Era un tipo grande. Casi tan corpulento como yo.

—Acabas de llegar aquí y no tienes idea de nada, Michael —dijo Matt con el ceño fruncido—. Y además te ves mejor con la boca cerrada.

Debí haberme callado, pero por desgracia no soy de los que se callan.

—Sé lo suficiente para defenderme cuando me atacan —dije—. Y desde luego no me voy a quedar de brazos cruzados como tú, temblando como una gallina con la esperanza de que alguien venga a rescatarme.

—¡Basta ya! —gritó Sabrina—. No tenemos tiempo para tont...

Demasiado tarde.

Matt se abalanzó sobre mí. Pude reaccionar rápido... y lo frené con un golpe en el pecho.

Me miró sorprendido. Dio un par de pasos

hacia atrás y cayó sobre su trasero en un charco lleno de barro.

Gritó de rabia y se levantó. Me agarró por los hombros y me arrastró al barro. Empezamos a pelear.

—¡Basta ya! ¡Paren! —gritó Sabrina mientras me agarraba de un hombro y trataba de apartarme de Matt. Pero le faltó fuerza para conseguirlo.

Agarré a Matt por la cabeza y le metí la cara en el barro.

Alzó la cabeza y empezó a escupir lodo.

—¿Por qué pelean? —gritó Abby—. ¡Estamos en peligro! ¡Tenemos que permanecer todos en el mismo bando!

Matt me escupió un pegote de barro a la cara. Lo agarré por los hombros y lo inmovilicé contra el suelo.

—¡Dejen de pelear! ¡Basta ya! —dijeron dos voces desconocidas.

Levanté la cabeza y al voltearme vi a dos agentes de la PM (la Policía Monstruosa) con sus uniformes negros y anaranjados. Venían corriendo hacia nosotros agitando sus porras de madera.

—¡Amigos! —gritó Billy—. ¡A correr!

2

Me paré de un salto y ayudé a Matt a levantarse del barro.

¿Por qué habíamos peleado? No lograba recordarlo.

Los policías nos perseguían con sus porras y nos pedían a gritos que nos detuviéramos. Sabía que no nos iban a hacer daño. Al fin y al cabo éramos invitados, ¿no?

De todas formas salí corriendo. Todos salimos en direcciones diferentes.

Corrí detrás de Abby durante un rato. Pero luego la perdí de vista entre la multitud. Y entonces acabé perdiéndome yo en la multitud.

¿Dónde me encontraba? Estaba corriendo a lo largo de una verja metálica. Al otro lado de la misma había chicos y chicas gritando y riéndose mientras se hundían en la arena.

Finalmente vi una señal que decía: PLAYA DE ARENAS MOVEDIZAS. ¡HÚNDETE EN LA DIVERSIÓN!

Parecía una atracción divertida. Me di la vuelta. Había logrado escapar de los policías.

Me detuve un rato para recuperar el aliento y luego me dirigí al Hotel Inestable.

Pasados unos minutos, todos estábamos reunidos en mi habitación del piso trece. Matt y yo nos miramos con las manos metidas en los bolsillos. Luego nos disculpamos prácticamente al mismo tiempo. Incluso nos dimos la mano.

—¿Estás bien? —pregunté.

—Sí —respondió Matt.

—Miren, todos estamos asustados y estresados —dijo Carly Beth—. Pero tenemos que permanecer unidos—. Soltó un suspiro y se sentó al borde de mi cama junto a su amiga Sabrina—. Sabrina y yo no creíamos nada de esto —dijo—. Ya saben, todo el rollo de las chicas desaparecidas y del otro parque.

—Pero ahora sí —dijo Sabrina.

—Miren, Abby y yo llegamos aquí ayer —dije—. No entendemos nada de lo que está pasando. Por favor, dígannos qué pasa.

Todos empezaron a hablar al mismo tiempo. Finalmente, Matt intentó explicar la situación.

—Apenas llegué —empezó a contar—, el tal Byron se me acercó corriendo y me dijo que estaba en peligro. Y luego me dio esto.

Matt sacó de su billetera una tarjeta de plástico color verde.

—Es una llave de habitación —dijo—. Pero si se fijan, no es de HorrorLandia. Y parece tener poderes. Me ayudó a ganar un premio en la feria. Y abre puertas que las tarjetas normales no pueden abrir.

—El primer día, mi hermana Sheena y yo conocimos a dos chicas —interrumpió Billy Deep—: Molly Molloy y Britney Cosby. Pero luego desaparecieron. Se evaporaron. *Puf.* Y desde entonces las estamos buscando.

—Los horrores no nos ayudaron —dijo Sheena—. Decían que esas muchachas jamás estuvieron aquí.

—Las vimos en una cafetería que tenía una pared cubierta de espejos —dijo Matt—. Logramos abrir la puerta de la cafetería con esta llave. Pero cuando entramos, las chicas habían desaparecido.

—El espejo era blando, como un líquido —dijo Sheena—. Metí el brazo adentro y también desaparecí. No recuerdo bien lo que pasó, pero creo que estuve en otro parque.

—Byron no hace más que darnos pistas sobre la existencia de un parque paralelo —dijo Matt—. Nos mostró dos pedazos de un antiguo mapa del parque. En una mitad aparecía un carrusel envuelto en llamas. Se llama el Carrusel de Fuego. En la otra mitad se veía un pasillo lleno de espejos, la Mansión de los Espejos.

—Y además nos persiguen unos personajes

extraños —dijo Robby—. Intentan asustarnos. Todos nosotros hemos tenido experiencias terroríficas en nuestros hogares. ¡Y esos personajes nos han seguido hasta el parque!

—Una vez miramos en un trozo de espejo y vimos a Britney y a Molly en el carrusel en llamas —dijo Billy.

—Creo que estamos verdaderamente en peligro —añadió Carly Beth—. Tenemos que hacer algo. Tenemos que huir de aquí.

—Un momento —dije—. Háblenme más de los espejos. Me parece muy interesante.

—Miren, he buscado por toda mi habitación —dijo Abby—. Y no he encontrado ni un solo espejo. ¿Saben de algún hotel que no tenga espejos en las habitaciones?

Todo el mundo empezó a hablar de golpe otra vez. Ninguna de nuestras habitaciones tenía espejos.

—Qué raro —dije—. Lo que está claro es que tenemos que buscar un espejo. Seguro que los espejos nos proporcionarán alguna pista importante.

—Antes que nada tenemos que encontrar a Byron —dijo Matt—. Es la única persona que nos puede explicar qué está pasando.

No deseaba pelearme con Matt otra vez. Estaba claro que quería ser el líder del grupo. Y por mí, encantado.

Lo que pasa es que cuando se me mete algo en la cabeza no hay quien me lo saque. Y en aquellos momentos tenía la cabeza llena de espejos.

Finalmente decidimos separarnos. Mientras todos iban en busca de Byron, yo me fui a buscar un espejo. Acordamos encontrarnos en la habitación de Matt en dos horas.

Primero inspeccioné mi propia habitación, pulgada a pulgada. Los demás tenían razón. No había ni un solo espejo. Ni siquiera algo capaz de producir un reflejo.

Me moría de ganas de saber por qué.

"¿Y si pido un espejo en la recepción?", pensé.

Parecía un buen plan. Tomé el elevador y bajé a la primera planta del hotel. El elevador tenía telarañas colgando del techo y estaba ambientado con una tenebrosa música de órgano.

Se suponía que todo eso debía hacerme gracia, pero yo no estaba para chistes y además estaba centrado en mi misión.

Me acerqué a la recepción. Ahí estaba un horror de piel verdosa y pelo rizado que tenía un ojo marrón y el otro verde y llevaba un traje púrpura con camisa blanca.

En su tarjeta de identificación se podía leer su nombre: BOOMER. Levantó la mirada de su computadora portátil.

—¿Necesitas algo? —preguntó.

—Sí —dije—. ¿Me puede prestar un espejo?

—¿Un espejo? —dijo, entornando su ojo marrón.

—Sí. ¿Tiene un espejo, por favor? —repetí.

—Por supuesto —dijo—. Ahora mismo se lo traigo.

Parpadeé.

"Qué sencillo fue esto", pensé.

3

Boomer se quedó mirándome con una sonrisa cada vez más amplia. Se inclinó sobre el mostrador.

—Con esa carita que tienes, hijo mío, ¿estás seguro de que quieres un espejo? —dijo, y soltó una carcajada.

Yo seguía serio.

—Sí —dije—. No hay ningún espejo en mi habitación.

—Claro que no —dijo.

—No lo entiendo —insistí—. ¿Por qué no hay espejos en este hotel?

—Porque muchos de nuestros huéspedes son vampiros —susurró—. Y se ponen melancólicos cuando pasan frente a un espejo y no se ven reflejados. Es una cortesía de la casa, ¿comprendes?

Estaba empezando a enfadarme.

—Boomer —dije—, no me vas a dar una respuesta clara, ¿verdad?

Negó con la cabeza.

—No, claro que no.

—Bueno, ¿puedes decirme al menos dónde puedo encontrar un espejo?

Se detuvo a pensar por un instante.

—¿Has probado en el Lago del Espejo? —preguntó.

—¿Cómo? —dije—. ¿El Lago del Espejo? ¿Está en este parque?

—No tengo ni idea —respondió—. Lo acabo de inventar.

Este tipo se las daba de gracioso.

—Muchas gracias —dije.

Me di media vuelta y salí del hotel. Tenía que haber algún espejo en alguna parte de HorrorLandia.

Primero lo intenté en las tiendas. Las tiendas de ropa siempre tienen espejos. Entré en una tienda con un cartel que decía: OFERTAS DE ESPANTO. Tenían camisetas y capas "de auténtica piel de hombre lobo".

Me probé la capa. Picaba un poco. Pedí a la encargada un espejo para ver cómo me quedaba.

—Lo siento, joven —dijo—. No tenemos espejos. Aquí somos muy supersticiosos. ¿Y si se nos rompe uno? ¡Siete años de mala suerte!

Aquello me recordó a la Sra. Hardesty, o como se llamara mi maestra en realidad. Ella también era muy supersticiosa.

Probé suerte en la tienda de máscaras que había al otro lado de la calle. Ni un espejo.

Lo intenté en otras tres tiendas, pero nada de nada.

Estaba decidido a resolver este misterio.

Empecé a parar a la gente. Les decía, "¿Pueden prestarme un espejo? Es muy importante".

La mayoría pensaba que estaba loco. O quizá pensaran que era una broma de HorrorLandia. Todos seguían su camino sin detenerse.

Estaba a punto de darme por vencido. El sol empezaba a ponerse en las copas de los árboles del Bosque Lobuno. Estaba cansado, tenía hambre y me irritaba no encontrar ni un solo espejo.

Supongo que mi apodo, Monstruo, me define bastante bien. Cuando las cosas no salen como yo quiero, empiezo a ponerme de muy mal humor.

Miré hacia el hotel. No dejaba de pensar en la historia de las dos chicas desaparecidas detrás de un espejo líquido en aquella misteriosa cafetería.

De repente, me fijé en un pequeño cartel en blanco y negro. Estaba puesto en un edificio blanco con el tejado muy bajo, en una calle apartada.

El cartel decía: ACCESO RESTRINGIDO. SOLO PERSONAL AUTORIZADO. NO PASAR.

Leí el cartel tres veces. Luego me acerqué a la portezuela. ¿Estaría cerrada con llave?

En otras circunstancias hubiera obedecido el cartel, pero me sentía demasiado enojado y frustrado. Los misterios me irritan. Y quería resolver este lo antes posible.

Giré el picaporte. La puerta se abrió sin ninguna resistencia. ¿Habrían olvidado pasar el cerrojo?

Pasé adentro y cerré la puerta detrás de mí. Me encontraba en un pequeño recinto cuadrado. Un poco más adelante había una escalera con peldaños de cemento que descendía en una pendiente muy pronunciada.

Un cartel advertía claramente: NO PASAR.

Me asomé a las escaleras. Estaba demasiado oscuro para ver lo que había abajo. El silencio era total.

"Quizá sea aquí donde esconden los espejos —pensé—. Quizá encuentre cantidades industriales de espejos apilados".

Sabía que estar allí no era lo más prudente del mundo, pero tenía que averiguar qué había adentro. Respiré hondo y empecé a descender por las escaleras.

Mis pisadas resonaban en el cemento. Bajaba y bajaba por las escaleras. Parecían no tener final.

A mitad de camino me detuve y entorné los ojos tratando de ver algo en la penumbra. Pero seguía sin ver otra cosa que el grisáceo techo de cemento.

No había personas. Ni horrores. Ni sonidos.

Seguí bajando lentamente, mirando a mi alrededor. Llegué a una enorme caverna. Una caverna que parecía ser larguísima.

Reinaba un silencio sepulcral. Solo se oía el eco de mis pisadas en las paredes.

Llegué a la entrada de un túnel negro, miré a mi alrededor y vi que había decenas de túneles.

Los túneles estaban llenos de tuberías y cables. Al fondo de uno de los túneles se oía un rumor mecánico.

Un repentino "bip bip" me hizo dar un salto.

Me di la vuelta y vi una fila de robots saliendo de uno de los túneles. Había docenas de ellos. Eran como carretillas de metal brillante con brazos y cabezas, una rueda en la parte delantera y dos piernas cortas en la de atrás.

Tenían la cabeza redonda y estaban cubiertos de botones y relojes. Avanzaban emitiendo un agudo "bip bip" y girando la cabeza sin parar. Cada robot llevaba una caja de madera.

Me quedé mirándolos, inmóvil. Finalmente acabaron por desaparecer dentro de otro túnel.

Cuando dejé de oírlos, me asomé a un tercer túnel. Había dos filas de pantallas de computadora y teclados que se perdían hacia el interior del mismo.

"Los controles están bajo tierra —concluí—. Aquí están los paneles de mando del parque. Y estos túneles deben ir desde un extremo de

HorrorLandia hasta el otro. Todo es electrónico. Computarizado. No hay ni una sola persona".

¡Estaba equivocado!

Sentí una mano enorme agarrándome con fuerza por un hombro.

Me quedé boquiabierto, sin aire, incapaz de emitir sonido alguno.

Era un horror gigantesco. ¡Debía de medir unos ocho pies de estatura!

Tenía unos cuernos grandes y negros en medio del pelambre marrón de su cabeza. Llevaba un uniforme negro y anaranjado de la Policía Monstruosa ceñido sobre su descomunal pecho.

Me tenía agarrado por los hombros y no parecía dispuesto a soltarme. Se quedó mirándome con sus penetrantes ojos negros.

—Chico —dijo—, has cometido un grave error.

4

No soy de los que se asusta con facilidad. Al fin y al cabo, me había enfrentado con monstruos reales y había logrado vencerlos a todos.

¡Pero este tipo era un GIGANTE!

—Sí, ya sé que he cometido un error —alcancé a decir—. Pensé que estaba en el Tobogán Maldito. Unos chicos me dijeron que era por aquí. Dijeron que este era el Tobogán Maldito.

Seguía sin soltarme los hombros. Se inclinó hacia mí. El aliento le apestaba a cebolla.

—¿Sabes leer, muchacho? —dijo.

Asentí con la cabeza.

—¿Cómo? Ah, ya, ¿se refiere al cartel? —respondí.

—Sí, los carteles de *No pasar* —dijo—. ¿No los has leído?

—Creí que eran una broma —dije—. Pensé que era la entrada a la atracción. O sea, que empezaba así, metiendo miedo. Como todo aquí.

Se quedó mirándome sin pestañear. No sabía si creerme o no.

—Perderse aquí adentro es muy fácil —susurró—. En estos túneles uno puede perderse para siempre.

Sentí una rigidez repentina en el cuello. ¿Me estaría amenazando?

Acabó soltándome. Luego dio un paso hacia atrás. Su gigantesca figura proyectaba una larguísima sombra en el suelo.

—Los carteles sí son reales —dijo—. Sal de aquí. Vuelve a la Plaza de los Zombis. Allí verás indicaciones hacia el Tobogán Maldito.

—De acuerdo, muchas gracias —dije.

Me volteé y me dirigí hacia las escaleras a toda prisa.

—Perdona si te he asustado —dijo.

¿Lo diría en serio? No lo sé, y no tenía ninguna intención de comprobarlo.

Poco después nos reunimos en la habitación de Matt, tal y como habíamos acordado. Los demás chicos tampoco habían tenido mucha suerte. Ni rastro de Byron.

Estábamos acalorados, cansados e inquietos. Nadie lo estaba pasando bien y no estábamos progresando.

¿Qué estaba pasando en este dichoso parque? Seguíamos sin tener ni idea.

Pero no podíamos parar de hablar del tema.

—Yo tenía la ficha dorada en mi poder —dijo Robby—. La que decía Parque del Pánico. ¿Se acuerdan?

—Cuando estábamos en el restaurante de los vampiros me quedé mirando la ficha —dijo Abby—. Y empecé a tener una sensación extraña. Sentía que me atraía. Que me absorbía hacia su interior.

—Abby, ¿viste tu reflejo en la moneda? —pregunté—. ¿Era como un espejo normal?

Abby asintió con la cabeza.

—¿Y qué ha sido de esa ficha? —pregunté.

—Me la quitó la camarera —dijo Robby—. Pensó que era su propina.

—Bueno, pero al menos sabemos eso —dije yo con un arrebato de entusiasmo—. Una moneda puede servir de espejo, ¿no?

—Solo si brilla lo suficiente —respondió Robby.

—Vamos —dije—, ¿alguno de ustedes tiene una moneda brillante? Saquen sus monedas.

Hurgamos en nuestros bolsillos. Yo saqué cinco o seis monedas. Ninguna de ellas brillaba.

Las arrojé al piso irritado.

—¿Ninguno de ustedes tiene una moneda que brille? —dije.

No. Todas estaban demasiado manoseadas.

Se escucharon suspiros de resignación.

—No se rindan —dijo Matt—. Ahora no podemos darnos por vencidos. Estamos en peligro, eso es cierto. Y Byron ha desaparecido. De momento no hay nadie que nos pueda ayudar.

—Enseguida vuelvo —dije.

Salí corriendo hacia mi habitación para recoger mi computadora portátil y llevarla a la habitación de Matt.

—Busquemos Parque del Pánico en internet —dije cuando volví—. Tenemos que averiguar todo lo que podamos sobre ese lugar, si es que realmente existe.

Encendí mi computadora.

—No se puede —dijo Matt—. Aquí no hay internet.

—Los teléfonos celulares tampoco funcionan —dijo Billy.

—No hay posibilidad de conectarse con la red —dijo Sheena—. Supongo que aquí no usan computadoras.

—No lo dirás en serio, ¿verdad? —respondí—. ¡Este lugar esta controlado por computadoras! ¡Las he visto con mis propios ojos!

Traté de conectarme a internet, pero fue inútil. No había conexión inalámbrica. Ni inalámbrica ni de ningún otro tipo.

Pero daba igual. De pronto se me ocurrió una idea. Tenía un plan.

Un plan peligroso.

—¡Síganme! —dije.

5

Los llevé al edificio blanco que tenía el cartel de
NO PASAR.

Hacía bastante calor y el parque estaba abarrotado de gente.

Había largas colas de visitantes ante el Zoológico del Hombre Lobo y el Teatro Embrujado. Había gente haciendo cola hasta para comprar helados con sabor a larvas.

Pasamos junto a varios horrores, pero no repararon en nosotros.

Me detuve ante la puerta del edificio.

—Tienen todo bajo tierra —les expliqué a los demás—. Hay montones de túneles en todas direcciones. Si nos escondemos por aquí, quizá logre conectarme a internet.

Carly Beth y Sabrina miraron alrededor. Estaban nerviosas.

—¿Estás seguro de que esto va a funcionar? —preguntó Sabrina—. Esos carteles parecen muy serios.

—¿Y qué? —respondí—. Somos invitados especiales. Si nos sorprenden lo único que pueden hacer es enviarnos a nuestras habitaciones, ¿no?

Algunos de mis compañeros asintieron tímidamente. Otros no estaban tan seguros.

Agarré el picaporte y traté de abrir la puerta. Estaba cerrada.

Lo intenté de nuevo.

Nada. Esta vez alguien se había acordado de cerrar con llave.

—Tantos nervios para esto —dijo Billy.

Matt me apartó del camino.

—Probemos con esto —dijo.

Sacó su extraña tarjeta de plástico y la puso ante la puerta. Se abrió sola.

Nos chocamos los nudillos.

—¡Bien hecho! —dije.

Matt volvió a guardar la tarjeta en su bolsillo.

—El que sabe, sabe —dijo.

A partir de ese momento nadie volvió a bromear. Todos bajamos en silencio por las empinadas escaleras de la caverna de cemento.

A cada paso el aire se hacía más denso, más húmedo, más sofocante. A lo lejos se empezó a oír la maquinaria y el "bip bip" de los robots. Los ruidos resonaban en la amplia caverna.

Me detuve al pie de las escaleras y miré a mi alrededor. No había guardias ni rastro del tipo de ocho pies de estatura.

—Síganme —susurré.

Nos pegamos a la pared y empezamos a atravesar la luz mortecina del primer túnel. Estaba lleno de viejos carteles, de utilerías escénicas y de muebles.

—¿Será real esa guillotina? —preguntó Billy apuntando con el dedo.

—Espero que no —respondí—. Pero es un buen lugar para ocultarse.

Me adentré en el túnel seguido por los demás y nos agachamos detrás de la guillotina. Miré a mi alrededor nervioso y tenso, temiendo que algún agente de la Policía Monstruosa se abalanzara sobre nosotros en cualquier momento.

Me senté en el piso con la espalda apoyada sobre la pared del túnel. Puse la computadora sobre las piernas y empecé a escribir.

—¡Sí! —grité—. Lo sabía. Sabía que tenía que haber alguna conexión inalámbrica aquí abajo.

Carly Beth se inclinó sobre mi hombro.

—Escribe *HorrorLandia* —me dijo—. Tenemos que averiguar qué pasa aquí.

Al cabo de unos segundos encontré un artículo sobre HorrorLandia. Empecé a leer lo que decía a los demás.

"HorrorLandia es un parque temático construido a mediados de la década de los setenta. Fue ideado por un individuo llamado Kit Katzman, que era un apasionado del horror.

"Pobló el parque con unas extrañas criaturas que él mismo bautizó como *horrores*. Inicialmente, Katzman pensaba que llevaban disfraces y máscaras. Pero con el tiempo empezó a dudar".

Matt me agarró del hombro.

—Eso no nos sirve para nada. Busca *Parque del Pánico* a ver qué consigues —dijo.

Escribí *Parque del Pánico* en el buscador. Pulsé en algunos resultados, pero por algún motivo las páginas habían desaparecido o no funcionaban. Finalmente encontré un artículo titulado: "Parques temáticos desaparecidos", y empecé a leer.

"El Parque del Pánico se construyó a mediados de la década de los cincuenta por un excéntrico llamado Karloff Mennis. Era un parque diseñado para los amantes del horror, de la fantasía y de lo extraño".

Matt agitó la cabeza.

—Baja más —dijo—. La década de los cincuenta nos da igual, lo que nos interesa es el día de hoy.

—¡Espera! ¡Espera! —respondí—. Esto es muy interesante. Trata sobre el carrusel. El famoso carrusel en llamas.

Proseguí con la lectura:

"El Carrusel de Fuego fue una de las atracciones más populares del Parque del Pánico. A la gente le encantaba dar vueltas en el carrusel con los caballos en llamas.

—Entonces... la página que nos dio Byron debía de ser del Parque del Pánico —dijo Sheena.

—Byron nos estaba dejando pistas del Parque del Pánico —dijo Matt—. Por algún motivo quiere que sepamos que ese parque existe.

—Nosotros... vimos a Britney y a Molly en ese carrusel —dijo Billy.

—Y la ficha dorada que yo tenía... venía del Parque del Pánico —dijo Robby.

—Veamos qué más podemos averiguar sobre el Parque del Pánico —dije.

Me incliné hacia el teclado y pulsé en otros enlaces.

—Miren esto —dije—. Es un blog de un chico y una chica... Luke y Lizzy. Dicen que fueron a HorrorLandia, pero... ¡Vaya! ¡Esto es increíble! Nos están advirtiendo. Quieren que...

Mi voz quedó enmudecida por la estridente sirena de una alarma. Sonaba tan fuerte que tuve que taparme los oídos.

Y luego oímos una voz procedente de un altoparlante que decía:

—¡INTRUSOS! ¡INTRUSOS! ¡BLOQUEEN TODOS LOS ACCESOS! ¡INTRUSOS!

Me levanté de un salto asediado por un escalofrío que me recorría la espalda. Se oían voces a lo lejos y pisadas que se aproximaban desde todas las direcciones.

—¿Cómo nos habrán encontrado? —susurró Matt.

—Yo sé cómo —dijo Carly Beth—. Sabrina y yo hemos cometido un error terrible. Nunca debimos quedarnos con los dispositivos de seguimiento que nos dio Byron.

Las chicas arrojaron sus fichas hacia el interior del túnel.

—¡Están escondidos en el Túnel B4! —exclamó una voz profunda.

La sirena de la alarma sonaba sin cesar. Los pasos se oían más y más cerca.

—¡Vámonos! —grité.

Corrimos hacia lo más hondo del túnel. ¿Habría alguna salida por allí?

Huíamos de los pasos y del griterío de voces enojadas. El túnel zigzagueaba de un lado a otro. La luz se iba haciendo más tenue. Nos ocultamos detrás de una maraña de cables.

—¡Túnel B4! —oímos detrás de nosotros—. ¡Intrusos en el B4!

Nos detuvimos jadeando ante una puerta estrecha que llevaba una breve inscripción: LABORATORIO.

Matt sacó su tarjeta y la acercó a la puerta, que se abrió al instante.

—Quizá nos podemos esconder aquí —dijo.

Matt y yo pasamos primero. Era una habitación larga y angosta iluminada por una luz fluorescente que colgaba del techo.

Esperé unos instantes a que mis ojos se acostumbraran a la luz. Vi una larga hilera de mesas de laboratorio. Tras ellas había una serie de armarios dispuestos contra la pared.

—¿Son jaulas? —preguntó Carly Beth, señalando con el dedo unas grandes cajas de madera en el centro de la habitación.

Avanzamos unos pasos hacia aquellas jaulas... y nos detuvimos de golpe.

—¡Increíble! —exclamó uno de los chicos.

—¡No lo puedo creer! —dijo otro chico.

—¿Serán reales? —preguntó alguien.

Nos quedamos mirando las jaulas boquiabiertos sin saber qué decir. En su interior había unas extrañas criaturas peludas. Hubiera dicho que eran gorilas de no ser por sus rostros, casi humanos.

Eran totalmente calvas, tenían unas orejas largas y puntiagudas y sus ojos eran de un intenso color azul. ¡Ojos humanos!

Pero sus cuerpos rechonchos estaban cubiertos de un denso pelaje negro. Y tenían grandes patas con uñas curvas, como de oso.

Nos miraban haciendo rechinar los dientes. Babeaban. Los vimos sacar sus largos brazos entre los barrotes y dar tremendos zarpazos al aire.

—¡Parecen gorilas! —gritó Sheena—. ¿Son de verdad? ¿Son robots o algo así?

Su aspecto era totalmente real.

—Quizá sean un experimento de laboratorio —dije.

Las criaturas no dejaban de gruñir y de rechinar los dientes. Trataban desesperadamente de atacarnos, pero los barrotes de las jaulas se lo impedían.

—No podemos quedarnos aquí —dije—. Tenemos que...

La puerta se abrió de golpe. Diez agentes de la Policía Monstruosa irrumpieron blandiendo sus porras de madera.

—¡Todo el mundo quieto! —dijo uno de ellos—. Al que se mueva lo convierto en comida para gorilas.

7

Miré a mi alrededor. No había ninguna otra puerta. No había escapatoria.

Los agentes de la PM formaban una línea compacta. Atravesar esa barrera sería imposible.

Nos hicieron retroceder hasta las jaulas. Las criaturas daban zarpazos al aire tratando de alcanzarnos frenéticamente. Rugían y trataban de arrancar los barrotes.

Pensé cien cosas al mismo tiempo. De pronto, se me ocurrió una idea. Miré a Matt.

—¡Rápido, dame tu tarjeta! —le dije.

Matt metió la mano en el bolsillo.

—¿Qué vas a hacer, Michael? —susurró.

—Voy a intentar abrir las jaulas —dije—. Dejaré escapar a varios monstruos. Ya sabes, para distraer a los agentes. Quizá tengamos una oportunidad de escapar mientras ellos persiguen a los gorilas.

Matt resopló. Los dos sabíamos que era una verdadera locura.

Pero a veces las mejores ideas son las más absurdas.

Sacó la tarjeta del bolsillo y yo la agarré.

—¡NOOO! —grité al ver que se me caía de las manos.

Tuvimos la mala suerte de que la tarjeta fuera a parar al interior de una de las jaulas.

"¡Estamos perdidos!", pensé.

Matt corrió hacia la jaula, se agachó y metió el brazo por debajo de los barrotes.

Y entonces, vimos con espanto cómo una de aquellas criaturas agarraba a Matt con sus enormes garras y lo levantaba del suelo.

8

Matt gritó. El extraño simio lo levantó en vilo y lo atrajo hacia los barrotes. ¡Quería meterlo adentro!

Matt agitaba los brazos y las piernas desesperadamente, pero no podía zafarse de la bestia. Gritaba mientras el animal lo golpeaba contra las barras.

Esta vez fui yo quien se arrojó al suelo y metió la mano por debajo de la jaula. Apenas podía tocar la tarjeta, pero finalmente la acerqué con las yemas de los dedos, la agarré y la puse ante la puerta de la jaula.

¿Funcionaría?

¡Sí! La puerta de la jaula se abrió de golpe.

El gorila, o lo que fuera, tardó varios segundos en darse cuenta. Luego soltó a Matt y salió de la jaula caminando erguido.

—¡PARA, NO HAGAS ESO! —vociferó uno de los agentes de la PM—. ¿QUÉ HACES? ¿ESTÁS LOCO?

Matt parecía aturdido, pero logró reunirse con los demás chicos mientras yo corría hasta la siguiente jaula. Levanté la tarjeta. La puerta se abrió y otra bestia salió a toda prisa.

Los dos gorilas se miraron fijamente. Gruñeron.

Yo, mientras tanto, dejé escapar a un tercer gorila, que salió de su jaula babeando y mirando a su alrededor con sus brillantes ojos azules.

Los agentes de la PM no dejaban de gritar y de agitar sus porras.

Las tres criaturas liberadas se quedaron entre las jaulas mirándose con recelo. Y entonces, lanzaron un rugido ensordecedor y se atacaron entre sí.

Se golpeaban salvajemente con sus grandes garras. Se arañaban la cara. Y empezaron a rodar por el suelo rugiendo y babeando.

Los agentes se acercaron para detener la pelea.

Y al hacerlo dejaron la puerta libre.

Pasados unos segundos, todos estábamos al otro lado de la puerta, en el túnel. Nos dimos la vuelta y salimos corriendo. No vimos ni a un alma. Nos alejamos corriendo de los rugidos de las bestias.

Seguimos corriendo por el túnel. En silencio. Sin parar ni un momento.

A medida que avanzábamos, veíamos carteles...

TOBOGÁN MALDITO... PLAYA DE ARENAS MOVEDI-
ZAS... EL NILO EN VILO.

Me di cuenta de que estábamos corriendo por
debajo de las atracciones del parque. Bajo cada
cartel había una escalera que iba hacia arriba.

Me detuve bajo un cartel que decía TIERRA DEL
ADIÓS.

Las piernas me dolían de tanto correr, y sentía
un dolor agudo en un costado.

—Si no recuerdo mal el mapa, la Tierra del
Adiós está al final del parque —dije jadeando—.
Quizá allí haya una salida. Quizá podamos
escapar de HorrorLandia.

Me agarré a la barandilla de la escalera y subí.
Había una portezuela en el techo que se abrió sin
resistencia. Al fin podía ver el cielo sobre mí.
Salí y sujeté la portezuela para que salieran los
demás.

—¡Lo logramos! —gritó Carly Beth, lanzando
un puño al aire.

—Nos hemos escapado de esos agentes —dijo
Robby, dándome una palmada en la espalda—.
¡Estuviste fantástico, Michael! Dejar salir a esas
bestias de sus jaulas... ¡simplemente genial!

Alcé la cara hacia el sol. ¡Qué alegría! Aún me
latía el corazón de la carrera que habíamos
realizado.

—Esas bestias eran reales —dije—. No eran
disfraces.

—Me pregunto cómo llegaron allí abajo —dijo Sheena agitando la cabeza con incredulidad—. ¿Para qué las tienen bajo tierra? ¿Qué está pasando aquí?

—Larguémonos de este parque —dije—. Ya pensaremos en eso más tarde.

—¿Crees realmente que hay una salida en la Tierra del Adiós? —preguntó Billy.

—Solo hay una manera de averiguarlo —dije.

La Tierra del Adiós estaba al otro lado de un seto de espinos muy alto. El seto se alzaba muy por encima de nuestras cabezas.

No había manera de treparlo. Recorrí el seto en busca de algún hueco, hasta que al final encontré un pequeño espacio.

Me tiré al suelo, me coloqué de lado y me escabullí con mucho esfuerzo hacia el otro lado.

Me sacudí las púas de la ropa y miré a mi alrededor. Estaba en un prado. Una pequeña arboleda proyectaba su larga sombra sobre la hierba.

No había nadie. Ni horrores, ni agentes de la Policía Monstruosa.

Era una gran extensión de parque desierto.

Me volteé hacia el seto. ¿Dónde estaban los demás?

—¡Oigan! —exclamé.

Cuando me disponía a llamarlos, una mano me tapó la boca por atrás. Luego otra mano me agarró por la cintura y me arrastró hacia los árboles.

Aquellas misteriosas manos me soltaron. Y al darme la vuelta vi a dos horrores gigantescos.

Solté un rugido de rabia. Mi monstruo interior se apoderó de mí. Apreté los puños con fuerza. Estaba preparado para atacarlos a ambos.

—¿Qué pasa aquí? —grité—. ¿Qué se creen que están haciendo? Mis amigos y yo somos invitados superespeciales de este parque. ¿Se han vuelto locos o qué?

Los dos hicieron un gesto con las manos para tranquilizarme. Leí los nombres en sus tarjetas de identificación. Uno se llamaba Benson, el otro, Clem.

—Tranquilo, muchacho —dijo Benson—. Nadie quiere hacerte daño.

—Querías marcharte, ¿verdad? —dijo Clem—. No podemos dejarte salir del parque. Tienes que quedarte aquí con tus amigos.

—¿Y eso por qué? —grité—. ¡Estamos en un país libre! ¡Y puedo ir a dónde me dé la gana!

—Tus amigos y tú creen que ya lo saben todo —dijo Benson—. Pero no tienen idea de lo que están haciendo.

—¡Sé perfectamente lo que estoy haciendo! —grité—. Estoy alejando a mis amigos del peligro.

—Mira, jovencito —dijo Benson—, reconozco que tenemos algunos problemas en el parque. Han salido mal un par de cosas.

—Pero necesitamos que te quedes aquí —añadió su compañero—. Tranquilízate. Disfruta del parque, Michael. Y deja de buscarte problemas.

—¡Ni hablar! —exclamé—. Si ustedes piensan que he venido a buscar problemas, eso es asunto suyo. Aquí hay gente que nos persigue. Gente dispuesta a hacernos daño. Y yo voy a largarme de este parque con todos mis amigos.

Los dos horrores me miraron con los ojos entornados. Su expresión se tornó agresiva y avanzaron lentamente hacia mí.

Alcé los puños y me dispuse a pelear contra ellos.

Y entonces apareció un tercer horror.

—Yo me encargo de esto —dijo con un profundo vozarrón mientras indicaba a Benson y a Clem que se marcharan—. Váyanse. Yo hablaré con él.

Este nuevo horror era muy alto y tenía un

aspecto más atlético que sus compañeros. Tenía unos pequeños cuernos amarillos y el pelo ondulado y verdoso. Su nariz regordeta y su diminuto mentón le daban un aire de perro pug.

Esperó a que los otros dos se marcharan. Luego se volteó hacia mí. Me di cuenta de que se había quitado su tarjeta de identificación.

—Michael —dijo—, tú quieres irte de HorrorLandia, ¿verdad?

En lugar de responder a su pregunta, di varios pasos hacia atrás y le formulé otra.

—¿Quién eres? —pregunté—. ¿Por qué te has quitado tu tarjeta de identificación? ¿Qué me quieres hacer?

—Quiero ayudarte —dijo con serenidad. Luego le vi sacar un pequeño espejo cuadrado de su bolsillo—. Sé que te quieres marchar, Michael, y lo único que voy a hacer es ayudarte.

—¿Eh? —exclamé.

No entendía nada. Lo miré con desconfianza. Y luego miré el espejo.

De pronto sentí una extraña sensación. Un leve mareo. Una poderosa fuerza me impulsaba hacia aquel vidrio. Era como si me arrastrara un poderoso imán.

—Adelante —dijo el horror—. No te resistas, Michael. Quieres marcharte, ¿recuerdas? Te estoy ayudando a lograrlo. Déjate llevar... déjate...

A medida que el espejo me atraía hacia sí, la voz del horror se iba haciendo más y más tenue. El espejo me atraía hacia mi propia imagen, hacia mi reflejo.

¡Qué extraño!

Podía sentir el cristal blando, líquido... mientras me sumergía en él, más profundamente cada vez. Hasta que lo atravesé.

Sí, pasé a través del espejo.

Sentí una corriente de aire frío. La corriente se convirtió en un vendaval y tuve que cerrar los ojos.

Sentí que me caía. No podía mantener el equilibrio.

Al abrir los ojos, el horror... los árboles... la hierba... todo había desaparecido.

—¡Eh! ¿Dónde estoy? —grité en voz alta.

Miré a mi alrededor. Me encontraba en un gigantesco parque de atracciones. Pero no reconocía nada.

Entrecerré los ojos para ver todo con más nitidez. Había montañas rusas altísimas y una noria con carros en forma de tiburones y caimanes. Y luego... mis ojos se detuvieron en un cartel rojo y blanco. En el centro tenía escrito en letras tan rojas como la sangre: PP.

¿PP? ¿Parque del Pánico?

¿Estaba realmente en el Parque del Pánico?

—¡Estoy en el Parque del Pánico! ¡Lo encontré! ¡Lo encontré! —grité.

Y entonces el miedo se apoderó de mí.

Miré a mi alrededor con el corazón acelerado.

"De acuerdo, estoy en el Parque del Pánico, pero... ¿dónde está el Parque del Pánico? Y... ¿cómo voy a regresar con mis amigos?", pensé.

CONTINUARÁ EN...

NO. 8 SONRÍE Y ¡MUÉRETE CHILLANDO!

ARCHIVO
DEL
MIEDO
No. 7

Bienvenidos a la
MANSIÓN DE LOS ESPEJOS
¡Mira a ver a dónde te puede enviar!

Monta en el
CARRUSEL
de
FUEGO
¡Está que arde!

SE BUSCAN MONSTRUOS

HorrorLandia está buscando unos cuantos monstruos que operen las atracciones del parque. Si eres un monstruo, por favor, completa este cuestionario y envíalo a Les Mordem. Servicios de Monstruos.

Nombre: _____

Estatura: _____ Tamaño de los cuernos:_____

Tamaño de la cola:_____

¿A cuál de estas criaturas te pareces? Elige una.
   Un insecto gigante
   Un pulpo
   Un dragón de Komodo
   Todos los anteriores

Del 1 al 5, ¿cuán feo o fea eres?
   1: Un poquito
   2:
   3:
   4:
   5: Tanto que no puedo trabajar en ninguna parte

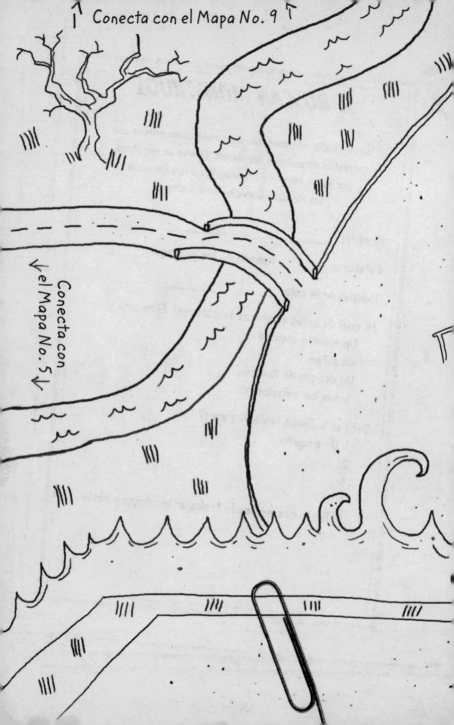

Conecta con el Mapa No. 9

Conecta con
el Mapa No. 5

Sobre el autor

Los libros de R.L Stine se han leído en todo el mundo. Hasta el día de hoy, se han vendido más de 300 millones de ejemplares, lo que hace que sea uno de los autores de literatura infantil más famosos del mundo. Además de la serie Escalofríos, R.L. Stine ha escrito la serie para adolescentes Fear Street, una serie divertida llamada Rotten School, además de otras series como Mostly Ghostly y The Nightmare Room y dos libros de misterio, *Dangerous Girls*. R.L. Stine vive en Nueva York con su esposa, Jane, y Minnie, su perro King Charles spaniel. Si quieres aprender más cosas sobre el autor, visita www.RLStine.com.